준희와 주

권하은
장편소설

창비

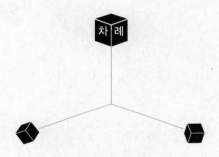

삶은 스스로 일으켜 세우지 않으면 안 된다.

1장

여러 개의 방

준

준은 오랫동안 갇혀 지냈다. 얼마나 갇혀 있었는지는 정확히 몰랐지만, 준의 빈약한 기억 속에 밝은 햇살과 싱그러운 풀 냄새가 남아 있었다. 또 잿빛 하늘에서 쏟아지던 굵은 빗줄기와 흙탕물에 젖어 버린 새 운동화도 기억했다. 그 운동화를 사 준 사람은 잊었어도 더러워진 운동화 때문에 울음을 터뜨린 기억만은 분명했다.

준은 가끔씩 자신의 깡마른 몸과 길쭉한 팔다리를 살펴보았다. 조금씩 달라지는 몸의 길이로 흘러가는 세월을 짐작하는 일은 망각의 흐름 속에 서서히 부식되는 바람 냄새를 맡는 일과 같았다. 준은 아침 해가 떠오를 때와 저녁노을이 질 때면 정신을 집중해 전날과 조금이라도 다른 점을 찾아 기억해 두려고 했다. 창틀에 앉은 파리의 움직임, 창을 통해 들어오는 빛의 밝기, 공기 중에 섞인 희미한 냄새 같은 것들을. 준은 태양이 뜨고 지는 것으로 하루가 지나가며 계절이 바뀌고 자신 역시 변하고 있음을 잊지 않기 위해 애썼다. 준의 하루는 파리 한 마리의 날갯짓으로 흘러갔으며 곰팡이 핀 낡은 벽지 위 햇살을 따라 움직였다.

"너, 이름이 뭐냐?"

준은 어느 날 아침 식판과 함께 들이닥친 그 말의 의미를 이해하지 못했다. 매일 아침과 저녁, 문에 난 작은 구멍으로 두 차례 들어오는 식판에는 우유와 시리얼이 담겨 있었다. 준은 식사 때마다 고양이 사료 같은 음식을 허겁지겁 집어삼키며 가시지 않는 허기를 달래야 했다. 하지만 배식을 하는 누군가가 준에게 말을 걸어온 적은 한 번도 없었다.

속삭이듯 작은 소리였으나 고요 속에 파묻혀 지내 온 준에게는 거대한 망치로 고막을 두드리는 것 같았다. 준은 충격을 받은 상태로 구멍 앞에 엎드려 생소한 소리를 내는 붉은 입술을 노려보았다.

"이름 말이야, 이름! 너 이름 없어?"

준은 겁을 먹고 주춤주춤 물러나면서도 구멍에서 눈을 떼지 못했다. 준이 아무런 대답도 하지 않자 구멍에서 입술이 사라지고 약간 위로 치켜 올라간 듯한 모양의 눈 한 쌍이 불쑥 나타났다. 시원한 눈매 안에 담긴 빛나는 검은 눈동자가 준의 눈동자와 마주쳤다.

눈동자는 한동안 준을 응시하다가 사라졌다. 준의 가슴이 두근거렸다. 준은 문 앞에 놓인 식판을 집어 들고 침대에 걸터앉았지만 음식에 손이 가질 않았다.

시간은 지독히도 흘러가지 않았다. 준은 이대로 영영 일몰이 오지 않는 것은 아닌가 걱정했다. 그녀의 작은 방에선 달이 사라지고 바다가 범람해 대지를 삼킨다 해도 알 길이 없었다. 준은 초조함을 이겨 보려고 작은 방을 어슬렁거리며 돌아다녔다. 곧 숨이 가빠 와 침대에 걸터앉았다가도 다시 일어나 방 안을 빙글빙글 돌았다. 준은 어젯밤까지 지어 올리던 머릿속 성채를 떠올렸다.

방 하나는 달콤한 박하사탕 하얀색,
방 하나는 바삭한 젤리 쿠키 황색,
방 하나는 부드럽게 휘어지는 나뭇가지 밤색,
방 하나는 단단하고 질긴 가죽 혁대 갈색,
방 하나는 흐린 하늘 회색,
방 하나는 쓰린 멍 푸른색,
방 하나는 흐르는 피 붉은색,
아직도 내게는 많은 방이 남아 있어,
붉은 방에 귀여운 인형을 놓아야지,
붉은 방에 있으면 온몸이 축축해지는 거야,
붉은 방 한구석에 실은 통로가 있어, 어디로든 갈 수 있는 신기한 통로야…….

덜컹 소리와 함께 배식 구멍이 열렸다. 준은 얼른 아침 식판을 집어 들고 구멍 앞에 엎드렸다. 늘 하던 대로 준이 식판을 내밀자 밖에서 누군가 받아 들었다. 준은 온 신경을 작은 구멍에 집중했지만 아무 소리도 들려오지 않았다. 저녁 식판이 준 앞에 놓이더니 배식 구멍은 그대로 닫혔다.

준은 시리얼이 담긴 식판을 멍하니 내려다보았다. 아침 일은 머릿속 성채의 어느 방에서 일어났던 것인지도 몰랐다. 힘없이 침대에 걸터앉은 준이 수저로 우유를 뒤적거리자 구운 옥수수 알갱이 몇 개가 떠올랐다. 준은 눈을 크게 뜨고 식판에 얼굴을 바싹 갖다 댔다. 보잘것없는 건더기 틈에 비닐 조각 같은 것이 섞여 있었다. 준은 손가락으로 그것을 집어 올렸다. 투명 비닐에 작은 두루마리 종이가 싸여 있었다. 준은 단단히 감긴 비닐을 조심스레 풀어냈다.

난 오늘 저녁 너에게 가지 못해. 내일 아침에는 가 보도록 노력할게.

급하게 쓴 듯한 글씨체였다. 준은 쪽지를 읽고 또 읽었다. 아침의 일은 망상이나 꿈이 아니었다. 분명히 일어난 일이었고, 그 증거로 손바닥 위에 흰 종이가 놓여 있었다.

준은 잠자는 것을 좋아했다. 잠자는 동안에는 고통스러운 시간

14

도 헤아릴 필요 없이 흘러가고 정신이 흐려질까 봐 두려워하지 않아도 되었으므로. 하지만 그날 밤은 잠들지 못했다. 마치 두 개의 태양이 지구를 불태우듯 가슴이 뜨거웠으며, 별들이 운행을 멈추고 우주의 어둠 속에 잠긴 것처럼 불안이 엄습했다. 영하의 밤임에도 준은 열이 오르고 식은땀이 흘렀다.

준은 다음 날 아침 해가 떠오를 때쯤에야 잠이 들었다. 긴긴밤, 시간의 게으름에 진저리 치느라 피곤에 지칠 대로 지쳐 버린 것이었다. 그러면서도 준은 얄팍한 잠에서 언제든 뛰쳐나올 수 있도록 신경을 곤두세웠다. 피곤이 산처럼 덮쳐 와 준을 찍어 눌렀지만 덜컹하는 소리와 함께 그녀의 혼미함은 거짓말처럼 사라졌다. 준은 튀어 오르듯 침대에서 몸을 일으켰다.

"나야."

아이의 목소리는 또렷하고 맑았다. 준은 언젠가 보았던 차갑고 투명한 냇물을 떠올렸다. 잔물결이 햇살에 반짝이고 송사리 떼가 손바닥을 빠르게 스쳐 지났었다. 준은 미끈거리는 돌 위를 걷다가 발을 헛디뎌 넘어졌다. 허벅지와 배, 그리고 가슴까지 차오르던 냉기와 당혹스러움이 잦아들자 오히려 상쾌함이 찾아왔다. 준은 옷이 젖는 것도 신경 쓰지 않고 그대로 드러누웠다. 누군가 이름을 불렀다. 준! 하늘은 나뭇잎 사이로 비치던 햇살 사이에 조각조각 떠 있었다.

"너 거기 있지?"

준은 배식 구멍 앞에 엎드렸다. 도톰한 붉은 입술이 사라지고 빛나는 검은 눈동자가 나타났다.

"……넌…… 누구?"

준의 목소리는 쉬어 있었다. 생각처럼 말이 수월하게 나오지 않자 준은 초조함에 마른기침을 뱉어 냈다. 그러자 문밖의 아이가 쫓기는 듯 다급히 물었다.

"이름이 뭐야? 이름 말이야, 네 이름!"

문밖의 아이는 이름을 아는 것이 몹시 중요하다는 듯 몇 번이나 되풀이해 물었다. 준은 침을 꿀꺽 삼켰다.

"나…… 준."

"준?"

"준."

"준…….."

아이의 목소리에는 실망한 기색이 역력했다. 준은 당황스러웠다.

"혹시 여기서 다른 아이는 보지 못했니?"

준의 가슴이 두근거렸다.

"아……니."

검은 눈동자가 준을 뚫어져라 응시했다.

"넌 대체 어쩌다가 여기에 온 거냐?"

준은 할 말이 없어 그저 눈을 깜빡거렸다. 한때는 무척이나 또렷했지만 어느 순간부터 흐려진 기억처럼 이제는 스스로에게도 흐

16 ●

릿한 질문이었다.

"준?"

"……."

"야! 넌, 대체, 어쩌다가, 여기에, 오게 된, 거냐고?"

"몰……라."

"……얼마나 있었는데?"

"정말…… 몰라."

준의 대답에 아이는 깊은 한숨을 내쉬었다.

"……이따 또 올게."

아침 식판이 그녀 앞에 놓였다. 준은 황급히 손을 내밀었지만 배식 구멍은 그대로 닫히고 말았다. 문밖 복도의 발소리가 준에게서 점차 멀어졌다.

준희

준희는 서둘러 나오다 돌부리에 발이 걸려 비틀거렸다. 부아가 치밀어 있는 힘껏 돌을 차 냈다. 그 아이는 사라졌다. 아무리 찾아도 흔적조차 없었다. 그 아이가 있던 방에 이제 준이라는 아이가 있다. 다시는 그 아이를 볼 수 없을 것이다.

"내가 너무 늦은 거야."

준희는 주먹으로 눈가를 세게 문질렀다. 우는 건 유치한 짓이므로 절대 울지 않을 작정이었다. 붉은 흙더미 사이로 건조한 바람이 지나가자 먼지가 흩날렸다. 포클레인은 몇 달 전부터 가동을 멈추고 우두커니 서 있었다. 기도원 앞에 세워진다는 아파트도 흙먼지처럼 흩어진 것인지 몰랐다. 트럭 한 대가 빠른 속도로 기도원 앞

차도를 지나갔다. 굉음과 흙먼지가 끈끈이에 잡힌 파리 떼처럼 공기 중에 엉겨 붙었다.

"들어와서 밥 먹어."

등 뒤에서 지연의 목소리가 들렸지만 준희는 짐짓 모른 척했다. 지연은 더 이상 채근하지 않고 조용히 사라졌다. 흙먼지가 날리는 풍경은 흐르는 시간을 영겁처럼 길고 지루하게 만들고도 남았다. 머릿속이 멍해지자 때를 놓친 허기가 더욱 강렬해졌다. 프라이팬에서 지글대고 있을 계란 맛이 혀끝에 맴돌았다. 고민과 사색은 빨리도 사라졌다. 준희는 할 수 없이 터덜터덜 집 안으로 들어갔다.

지연은 이미 식사를 끝내고 설거지 중이었다. 준희가 들어서자 그녀는 흘끔 곁눈질을 할 뿐이었다. 준희는 식탁에 앉자마자 접시 위 계란 프라이 두 개를 허겁지겁 입 안에 쑤셔 넣었다. 지연이 밥과 국을 퍼서 준희 앞에 놓았다.

"삼촌은 언제 돌아와?"

"글쎄."

준희는 한동안 눈앞의 음식을 먹어 치우는 일에 몰두했다.

"학교생활은 어떠니?"

지연이 딸기와 사과가 담긴 접시를 준희 앞에 놓으며 물었다.

"그냥 그래."

"일 년 새에 키가 너무 커서 깜짝 놀랐어. 이젠 정말 고등학생 같아 보인다. 기숙사 밥이 좋은 건가?"

"······저녁밥도 내가 가져다줄게."

"그게······."

지연은 말끝을 흐렸다.

"원장님께서 알면 싫어하실 텐데······."

"하라는 대로 그냥 밥만 주고 왔어."

"다시 한 번 말하지만 조심해. 너한테 나쁜 일이 생기는 건 싫어."

"알아."

준희는 포크로 딸기 하나를 폭 찔러 입에 넣었다. 달콤한 과육이 입 안에 가득 찼다. 그 아이는 여기서 딸기 따윈 구경도 못하겠지. 정윤도 준희가 몰래 가져다주는 달콤한 과자들을 무척이나 기다렸었다. 정윤 생각에 준희는 다시 침울해졌다.

지연이 청소 준비를 서두르는 동안 준희는 농구공을 들고 기도원 마당으로 나갔다. 지연은 기도원의 수많은 방들과 거대한 예배실을 쓸고 닦느라 하루 종일 분주했다. 점심을 먹기 전까지 준희는 슛 연습에 몰두했다.

본격적인 성장기에 접어들자 준희는 먹어도 먹어도 배가 고팠다. 지연이 "넌 위가 팔다리에도 달려 있는 모양이다. 안 그러면 그 많은 음식이 다 어디로 들어가겠니?"라고 혀를 찰 만큼 먹어 댔다. 하루가 다르게 키가 컸지만, 고등학교에 입학할 때만 해도 준희는 또래보다 작은 편이었다. 워낙 왜소했던 탓이다.

삼촌은 운동이 도움이 될 것이라며 준희를 학교 농구 동아리에 강제로 가입시켰다. 처음에는 마지못한 것이었으나 준희도 차츰 자발적으로 훈련에 참여하게 되었다. 운동은 정말로 키 크는 데 도움이 됐다. 지금은 팀에서 가드와 포워드를 겸하고 있지만 시합 전체를 읽는 눈이 생기고 슛의 매력에 빠지면서 주전 슈팅 가드로 자리 잡고 싶은 욕심이 생겼다. 농구에 재미를 붙이자 준희는 영 적응하기 힘들던 학교생활도 그럭저럭 해 나갈 수 있게 되었다. 달리고 던지고 뛰어오르고 쓰러지고 하다 보면 땀이 비 오듯 흐르며 머리가 맑아졌다.

오후에 준희는 지연의 일을 도왔다. 기도원 방마다 있는 이불을 꺼내 먼지를 털고 빨랫줄에 널어 햇볕을 쪼였다. 기도원을 찾는 손님이 끊긴 지 오래지만 지연은 언제라도 이불을 꺼내 쓸 수 있도록 바지런히 관리했다. 일을 하다 말고 준희는 자꾸만 시계를 보았다. 저녁 식사 시간은 아직도 멀었는데 생각은 준이라는 아이에게 달음질쳤다.

오후 6시가 되자 지연이 준희를 불렀다. 우유와 시리얼이 담긴 식판을 내미는 지연의 얼굴에는 걸레질을 할 때처럼 아무 표정이 없었다.

"얼른 밥만 주고 와."

준희는 고개를 끄덕거렸다.

준이 갇혀 있는 건물은 기도원 본관 뒤쪽에 있는 사택에서도 한

참 멀리 떨어진 야산 자락에 있었다. 본관 건물에 가려 정문에서는 보이지 않았고 사택 뒤편으로 돌아 나와야지만 찾아졌다. 그곳은 기도에만 집중하게끔 외부와 확실히 단절하기를 원하는 사람들을 위해 만들어진 건물로, 문 바깥쪽에 자물쇠를 달고 배식 구멍을 낸 특별실들이 모여 있었다.

건물 출입구에 달려 있는 커다란 자물쇠는 일 년 전만 해도 볼 수 없던 것이었다. 지연에게서 받아 온 열쇠로 문을 열자 썰렁한 냉기가 달려들었다. 준희는 기다란 복도 한쪽으로 줄지어 있는 방들을 지나쳤다. 가장 안쪽 기도실 앞에 도착하자 걸음을 멈추고는 쪼그려 앉아 구멍 덮개를 열었다.

"나야."

"응!"

준의 목소리에는 여전히 쇳소리가 섞여 있었지만 처음보다 힘이 실려 있었다. 준희는 배식 구멍에 눈을 바싹 가져다 댔다. 검은 머리카락을 덥수룩하게 늘어뜨린 깡마른 아이가 자기처럼 엎드려서 이쪽을 빤히 건너다보고 있었다.

"난 준희야."

"준희!"

준은 재빨리 이름을 따라 불러 보았다.

"너, 왜 여기 있어?"

준희가 물었다.

"어, 난……."

"응?"

"난…… 모르겠어."

"가족은?"

"기억이 안 나."

준희는 안쪽을 좀 더 자세히 보고 싶어서 고개를 이리저리 돌려 보았지만 구멍이 작아 소용없었다.

"아침 식판 줘. 내일 아침에 다시 올게. 여기 너무 오래 있으면 이상하다고 생각하거든."

빈 식판이 구멍으로 나왔다. 준희는 가지고 온 식판을 안으로 밀어 넣었다.

"꼭이야! 내일 꼭 다시!"

준의 간절하면서도 다급한 목소리가 들려왔다. 준희는 가슴이 철렁 내려앉았다. 건물을 빠져나오며 준희는 몇 번이나 뒤를 돌아보았다.

준

"이상해."

준희가 말했다.

"넌 왜 그렇게 기억이 흐릿하지? 난 일 년 전에 이곳을 떠났지만, 그 전에 여기에서 아홉 달을 살았어. 그때는 분명히 네가 없었어. 이 방은 정윤이라는 아이가 쓰던 방이고, 배식을 받던 사람은 정윤이뿐이었으니까. 네가 그때 아무것도 먹지 않고 살아남았다면 모를까, 이 건물에 그 애 말고 누구도 없었다는 건 확실해."

"아⋯⋯!"

준의 검은 눈동자가 작은 구멍을 배회했다.

"정말 기억이 하나도 나지 않는 거니?"

"조금씩 떠오르는 건 있는데…… 그게…… 분명치를 않아 서……."

"그래? 정말 이상하다."

짧은 순간 침묵이 흐르자 준은 준희가 그대로 가 버릴까 봐 덜컥 겁이 났다.

"이, 이상한가?"

"……삼촌이 돌아오면 난 여기에 올 수 없을지도 몰라."

"삼촌?"

"응, 이 기도원의 원장이야."

"여기가 기도원이야?"

"……넌 그것도 모른 거야?"

"난…… 아무것도 몰라."

"……이상하다, 정말."

배식 구멍에서 준희의 눈동자가 사라졌다.

"주…… 준희야?"

준이 다급하게 부르자 준희의 눈동자가 다시 나타났다.

"벌써 가 버린 줄 알았어."

"나 아직 여기 있어."

준희의 목소리는 따뜻했다.

"하지만 이제 정말 가 봐야 해. 내가 너무 지체하면 다신 못 오게 할지도 모르거든. 좀 더 머물 수 있는 방법을 찾아보도록 할게."

"정말?"

"정말."

"약속하는 거야?"

"……약속해. 그 대신 너도 내가 다시 올 때까지 열심히 생각해 봐. 너한테 대체 무슨 일이 있었던 건지."

배식 구멍이 닫혔다.

"안녕, 또 올게."

작별 인사를 듣자 준은 눈물이 고였다. 준희의 발자국 소리가 점점 멀어지다 철문이 닫히는 소리와 함께 사라졌다.

'……난 살아 있다. 난 여기에 온 이유가 있다. 난 여기에 사는 이유가 있다. 그러니까 나갈 수 있는 이유도 분명히 있을 거야.'

준은 생각을 멈추지 않으려고 애썼다.

'난 일 년 전까지만 해도 여기에 없었어. 준희가 분명히 그렇다고 했어. 어쩌면 몇 달 후에 여기를 나갈 수도 있을 거야. 내가 기억만 제대로 해내면 준희가 도와줄 거야. 그래, 분명히 그럴 거야.'

준은 두 눈을 감았다.

단단히 잠겨 있던 문이 스르르 열리고 준희가 두 팔을 벌리고 있었다. 준희는 준이 상상했던 그대로였다. *어서 와. 너를 원래 있던 곳으로 데려다줄게.* 준은 두 손을 내밀어 준희의 손을 단단히 붙잡았다. 준희의 등에서 거대한 날갯죽지가 불쑥 솟아올라도 준은 놀라지 않았다. 두 사람은 그대로 솟구쳐 맑고 푸른 하늘을 날았다. 준희의 얼굴과 몸에서는 환하게 빛이 났으며 그 밝은 빛 때문에 준은 그의 얼굴을 제대로 쳐다볼 수 없었다. 준은 계속해서 웃음이 나왔다.

어디로 가니?

준이 묻자 준희가 희게 빛나는 손가락을 들어 저 멀리 어딘가를 가리켰다. 거대하고 두꺼운 구름층 가까이에서 번개가 번쩍이며 천둥이 울렸다. 구름 가장 깊숙이에 숨은 빛의 덩어리가 느껴졌다. 그것은 세상 모든 빛의 근원이었으며 다정함과 따뜻함의 총화였다.

난 저기에서 왔고, 저기로 돌아가게 될 거야. 날 저기에 데려다줘.

준이 혀를 움직여 말하지 않았는데도 준희는 준의 생각을 읽어 내고 미소 지었다.

준은 침대 위에 걸터앉았다. 날이 흐렸고 이따금 빗방울이 떨어졌다. 준의 앞은 여전히 네모지고 단단한 벽에 가로막혀 있었다. 누렇게 변색된 벽지 위로 매일 곰팡이가 번져 가고 흐린 하늘에서 어렵사리 모여든 실낱같은 빛들이 어둑한 방 안을 겨우 밝혀 주었다. 시간은 응시하면 할수록 느려져서 결국엔 멈춰 버리는 듯했다. 준은 정지된 시간 속에 갇히는 형벌을 받아야 했다.

"비와 벽. 비와 벽. ……비와 벽……."

준은 낮은 목소리로 중얼거렸다. 오늘처럼 비가 오던 어떤 날이었다. 붉은 비가 하늘에서 쏟아져 강처럼 흘렀으며 준의 몸에서도 피가 흘러나와 벽지를 붉게 물들였다. 준이 맨발로 바닥을 구르자 고여 있던 핏물이 사방으로 튀었다. 천둥 같은 비명이 준의 고막을 찢었고 통증이 번개처럼 내리쳤다. 그것만큼은 기억 속에 선명했다.

준은 몸을 웅크린 뒤 눈을 감고 귀를 막았다.

방 하나는 달콤한 박하사탕 하얀색,

방 하나는 바삭한 젤리 쿠키 황색,

방 하나는 부드럽게 휘어지는 나뭇가지 밤색,

방 하나는 단단하고 질긴 가죽 혁대 갈색,

방 하나는 흐린 하늘 회색,

방 하나는 쓰린 멍 푸른색,

방 하나는 흐르는 피 붉은색,

아직도 내게는 많은 방이 남아 있어,

붉은 방에 귀여운 인형을 놓아야지,

붉은 방에 있으면 온몸이 축축해지는 거야,

붉은 방 한구석에 실은 통로가 있어, 어디로든 갈 수 있는 신기한 통로야……

준희

지연은 빈 식판을 건네받으며 인상을 찌푸렸다.

"거기서 대체 뭘 한 거지?"

"아무것도."

준희는 퉁명스레 대꾸했다.

"밥만 주고 온다고 했잖아?"

"맞아, 아무것도 하지 않았어."

"오늘 저녁부턴 내가 갈 거야. 넌 다신 거기 얼씬하지 마."

"아무것도 하지 않았다고 했잖아! 그리고 내가 왜 거기 가면 안되는데? 그게 더 이상한 일 아니야?"

"그만!"

지연이 날카롭게 소리쳤다.

"……미안해."

준희가 사과하자 지연의 말투도 누그러졌다.

"원장님께서 특별히 부탁하신 것도 있고 해서. 어쨌든 이제 내가 갈게."

"마음대로."

준희는 태연한 척 어깨를 으쓱했다. 속에서 덩어리 같은 것이 치밀어 올랐지만 말없이 주방을 나왔다. 정윤과의 일도 비밀을 지키려 애쓰다가 결국은 삼촌이 알게 되었다. 삼촌은 그길로 준희를 기숙사가 딸린 고등학교에 입학시킨 뒤 일 년이 지나도록 한 번도 불러 주지 않았다.

준희는 아버지를 만나 본 적이 없었다. 엄마는 이미 죽었다고 말했지만, 준희는 이 세상 어딘가에 아버지가 살아 돌아다니고 있다는 막연한 믿음을 버리지 못했다. 엄마가 시드는 장미꽃처럼 점점 쇠약해져 갈 때도 준희는 아버지가 찾아와 주길 기다렸다. 하지만 엄마의 임종을 지키는 순간까지 상상 속의 다정하고 든든한 아버지는 끝내 나타나지 않았다.

"난 네 어머니의 동생이다."

장례식에서 처음 본 삼촌은 엄마와 닮은 듯 다른 모습이었다. 둘다 키가 훌쩍 크고 말라서 길쭉한 느낌이었으나 엄마의 목소리는 삼촌처럼 메마르고 건조하지 않았다. 언젠가 엄마는 준희에게 "넌 자랄수록 내 동생 목소리와 비슷해지는구나. 변성기가 끝나면 거의 똑같을 것 같아."라고 말한 적이 있었다. 하지만 준희는 자기가 삼촌처럼 쌀쌀맞은 목소리를 내게 될 것 같진 않았다.

"네 어머니와 난 그다지 사이가 좋질 못했다. 네 어머니는……고집이 세고 자기주장도 강했지. 언제나 덜 자란 어린애처럼 굴었어. 누구와도 잘 지내기 힘든 사람이었다. 하지만 네 어머니가 이렇게 되고 나니 널 거둬 줄 사람이 나밖에 없는 모양이더구나. 진정한 그리스도인의 박애는 상황과 사람을 가리지 않는다. 네가 성인이 될 때까지 내가 돌봐 줄 거다."

준희는 삼촌이 입을 여는 순간 가슴 깊숙한 곳에서부터 반항심이 일었다.

삼촌의 기도원은 붉은 흙더미와 먼지에 둘러싸여 있었다. 예전엔 녹음이 우거진 한적한 숲길이었던 곳에 이제는 2차선 도로가 뚫렸다. 인근 택지 개발 지구의 공사 현장으로 향하는 덤프트럭들이 하루 종일 굉음과 매연을 내뿜으며 질주했고, 몇백 년 동안 자라 온 자생 나무들이 뿌리째 뽑힌 자리에서는 벌건 속살을 드러낸 대지의 환부가 썩어 가고 있었다. 나무와 수풀에 교묘히 가려져 있던 흰색 기도원은 부서지고 망가진 선체를 훤히 드러낸 채 붉은 바다에 외로이 표류하는 폐선이 되었다.

준희가 엄마와 마지막 여행을 가려고 구입했던 녹색 아메리칸 투어리스트 트렁크를 끌고 기도원 마당에 불쑥 나타났을 때, 지연은 산더미처럼 쌓인 이불 빨래를 하던 중이었다. 그녀는 준희를 발견하자 비누 거품으로 가득한 고무 대야에서 발을 빼냈다.

"네가 준희로구나?"

"응."

"얘 좀 봐라? 대뜸 반말이네?"

"엄마가 사람은 모두 똑같다고 했어. 그러니까 존댓말을 쓰는 건 멍청한 짓이라고."

지연은 뺨에 흘러내린 머리카락 한 가닥을 약지로 쓰윽 쓸어 올렸다.

"너, 세상 살기 힘들겠다."

"무슨 뜻이야?"

"곧 알게 될 거야."

지연은 수돗물을 틀어 손과 발에 묻은 비누 거품을 씻어 내더니 말없이 앞장섰다.

기도원 사택 안에 마련된 준희의 방에는 원목 프레임의 싱글 침대와, 그것과 같은 회사 제품인 책상과 옷장이 놓여 있었다. 새 가구에서 나는 독특한 냄새 때문인지 작은 방은 깔끔하긴 해도 낯설기 그지없었다. 준희가 방구석에 가방을 내려놓으며 두리번거리자 지연은 "6시 반에 보자."라고 말한 뒤 방을 나갔다. 준희는 침대에 걸터앉아 아무것도 하지 않고 한참을 멍하니 있었다. 해가 기울어 방 안이 어둑해져서야 지연이 말한 6시 반이 저녁 식사 시간이라는 것을 깨달았다.

"넌 그동안 학교엘 다니지 않았다고?"

삼촌이 밥을 먹다 불쑥 말을 꺼냈다.

"혼자서 공부했어."

"했어가 아니라 했어요."

삼촌이 바로 지적했다.

"여긴 내 집이야."

"……네."

"혼자서 계속 공부할 수 있다면 당분간은 학교에 가지 않아도 좋다. 어차피 몇 달 있으면 고등학교에 진학해야 하고, 그러려면 검정고시를 봐야 하니까."

"혼자서 할게."

"할게요."

"……네."

삼촌은 식사를 끝내고 먼저 일어섰다. 그가 주방을 나가자 지연이 불고기 접시를 준희 앞으로 옮겨 놓았다.

"고기를 잘 먹네."

"고마워."

"많이 먹어."

"너도 많이 먹어."

지연은 푸, 하고 웃음을 터뜨렸다.

"너 좀 이상하긴 해도 착한 애 같다."

"넌 요리를 잘해."

"네 엄마만큼?"

"엄마 요리는 웩이었어. 그나마 먹을 만한 게 라면뿐이었으니까."

준희는 불고기를 한 젓가락 집어 입에 넣고 우물거렸다.

"넌 삼촌의 여자야?"

"뭐?"

"삼촌의 애인이냐고."

지연은 고개를 갸웃하며 묘한 표정을 지었다.

"글쎄."

식사가 끝난 뒤 준희는 지연을 도와 설거지를 했다. 식탁에 없었던 스테인리스 식판이 개수대에 담겨 있었지만 별생각 없이 닦아 건조대에 놓아두었다. 준희는 뒷정리를 끝내고 방으로 돌아와 짐을 풀려고 트렁크를 열었다. 옷가지와 자질구레한 소지품 틈에 은회색 스포츠 백이 보였다. 그 안에는 엄마와 함께 여러 곳을 옮겨 다니면서도 잃어버리지 않고 소중히 간직해 온 물건들이 담겨 있었다. 준희는 백을 열어 안을 보려다가 그냥 서랍 깊숙이 집어넣었다. 모두 엄마와의 추억이 깃든 물건들이라 꺼내 볼 용기가 나지 않았다.

기도원에서의 첫날 밤, 쉽사리 잠들지 못해 뒤척이다가 얼핏 바람결에 묻어오는 희미한 울음소리를 들었지만 준희는 착각이라 생각했다. 어느새 준희는 피곤에 지쳐 잠이 들었다.

준

희미한 새벽빛이 발을 들이기 전에 준은 잠에서 깨어났다. 한겨울에는 추위 때문에 침대를 벗어나지 못하고 온종일 이불 속에 웅크리고 있었지만 이제 봄이었다. 세면대 위에 붙은 작은 거울 안에는 야위고 창백한 낯빛의 아이가 기대감으로 두 눈을 빛내고 있었다. 준은 서둘러 세수를 마치고 머리도 공들여 빗질했다. *네 머리는 정말 윤이 나고 매끄럽구나. 당분간 자르지 말고 길게 길러 보자. 무척 예쁠 거야.* 보드라운 손을 가진 여자가 준의 머리를 빗겨 주며 말했었다. 준은 그 여자가 엄마일지 모른다고 막연히 짐작했다.

"준희도 내 머리카락이 예쁘다고 생각해 주지 않을까?"

준은 소리 내어 말했다. 계속 목소리를 쓰지 않으면 앞으로는 정말 쓸 수 없게 될지도 몰랐다.

준의 팬티는 일곱 장이었다. 매일 갈아입어도 잠들기 전에 한 장씩 빨아 널면 넉넉했다. 준은 꽃무늬에 작은 분홍색 리본이 달려 있는 면 팬티를 누가 사다 넣은 것일까 궁금했다. 희미하고 흐릿한 기억 어디에서도 떠오르지 않는 걸 보면 이곳에 와서부터 입기 시작한 게 아닐까 짐작될 뿐이었다. 방에는 한구석에 세면대와 변기가 있을 뿐 샤워 시설이 없었다. 준은 가끔씩 수건에 따뜻한 물을 적셔 몸을 문질렀다. 세면대와 변기를 닦는 일도 준의 몫이었다. 준은 수건 한 장을 걸레로 만들어 작은 방 구석구석을 틈틈이 닦아 냈다. 하지만 이불만큼은 속수무책이라, 한 번도 빨거나 털지 못했다. 침대에서 풍기는 퀴퀴한 냄새 때문에 준은 가끔씩 울어야 했다. 이곳이 무척 끔찍한 공간이라는 사실을 그 냄새가 끊임없이 일깨운 탓이었다.

준의 침대 머리맡에는 분홍색 융으로 만든 토끼 인형이 하나 놓여 있었다. 준은 처음부터 그 인형이 친근하게 느껴졌다. 이따금 온통 흰색으로 꾸며진 널찍한 방에서 그 인형을 본 기억이 선명하게 떠올랐다.

"넌 원래부터 내 거였어."

빗질을 끝낸 준이 인형을 끌어안으며 속삭였다.

아침 식사 시간을 기다리는 일은 생각보다 지루하지 않았다. 기쁨과 희망이 더딘 기다림조차 아름답게 윤색했다. 준은 계속해서

옷매무새를 가다듬고 거울을 들여다보며 머리를 빗었다. 복도를 울리는 발소리를 듣자마자 준은 쏜살같이 배식 구멍 앞으로 기어가 납작 엎드렸다. 곧 구멍이 열리고 식판이 불쑥 내밀어졌다.

"준희는 다신 여기에 안 올 거야."

차갑고 쌀쌀한 여자 목소리였다. 준은 소스라치게 놀라 자기도 모르게 몸을 웅크렸다.

"그러니 기대하지 마."

여자는 준이 아침 식판을 내놓길 기다리고 있었다. 준은 구멍 앞으로 바싹 다가갔다.

"말해 주세요. 제가 왜 여기 있나요?"

"식판!"

"제발요!"

"식판!"

여자의 목소리에 짜증이 가득했다.

"용서해 주세요! 제가 잘못했어요! 나가면 진짜 착한 아이가 될게요! 제발 용서해 주세요!"

준이 울먹거리며 애원했다. 덜컥하고 배식 구멍이 닫히더니 발소리가 요란하게 울렸다.

준은 그대로 쓰러져 몸을 뒤틀며 울음을 터뜨렸다. 팔을 마구 휘두르는 바람에 식판이 뒤집어졌다. 우유가 왈칵 쏟아져 옷이 젖었지만 준은 아랑곳하지 않고 머리를 쥐어뜯었다. 준은 이곳에 온 뒤 처음으로 소리 지르고 악을 쓰며 울부짖고 있었다. 희망이 없을 땐 절망도 없었다. 몹시 지루하고 고통스럽긴 했지만 준은 그런대로 하루하루를 견뎌 내고 있었던 것이다.

한참을 울부짖던 준은 축 늘어져 차가운 바닥에 누워 있다가 간신히 몸을 일으켜 침대로 기어 올라갔다. 이불 속에 들어가 잠들어 보려고 애썼지만 흐느낌이 멈추질 않았다. 해가 높이 떴다가 점차 기우는 동안 시간을 잊은 채 준은 울었다. 머리가 아파 오고 눈이 따끔거려 더 이상 흐느낄 수조차 없게 되었을 때쯤 잠이 들었다. 준의 꿈은 혼란스러운 색채와 형태들이 마구 뒤섞여 있었고, 한여름 폭염에 녹아내린 아이스바처럼 찐득거렸다.

"준."

분명히 들려오는 다정한 목소리에도 준은 잠에서 깨어나지 않았다. 뒤죽박죽인 꿈 가운데 어디에선가 잘못 튀어나온 소리라 여긴 것이다. 하지만 누군가 계속 준의 이름을 불렀고 거기에 규칙적인 북소리 같은 게 더해졌다.

둥둥, 준, 둥둥, 준, 둥둥, 준……

준은 침대 위에서 뒤척이다가 퉁퉁 부은 눈을 힘겹게 떠 보았다.

둥둥, 준, 둥둥, 준, 둥둥, 준……

준은 몸을 벌떡 일으켰다. 누군가 조심스레 문을 두드리며 준을 부르고 있었다. 준은 침대에서 뛰어내려 구멍 앞으로 갔다.

"준희?"

"준!"

"정말 준희야?"

"응, 너 계속 울고 있었지? 울음소리를 들었어."

"나, 난 괜찮아."

"잠깐 틈을 봐서 온 거야. 우선 이거."

구멍으로 비닐 팩 몇 개가 쏟아져 들어왔다.

"내가 가진 전부야. 어떻게 될지 몰라서 한꺼번에 가져왔어."

준은 다시 울음이 터질 것 같았다.

"이젠 안 와?"

"아니, 올게."

"약속해?"

"응, 약속해. 오늘도 왔잖아."

"그럼 내일도 와?"

"가능하면 이따 밤에라도."

"정말?"

"정말."

구멍으로 준희의 눈동자가 나타났다.

"근데 너, 꼴이 그게 뭐냐?"

준은 얼굴을 붉히며 부스스하게 헝클어진 머리를 만지작거렸다.

"하여튼 기다려. 이따 보자."

"이따 봐! 꼭! 이따가!"

준이 다급하게 외쳤지만 준희는 이미 구멍을 닫아 버린 뒤 뛰어 나가고 있었다. 몹시 다급한 느낌이었다.

준은 준희가 준 비닐 팩을 주워 든 다음 방 안을 둘러보았다. 아침에 뒤엎은 식판 때문에 난장판이 되어 있었다. 준은 식판 밑에 생쥐 한 마리가 죽어 있는 것을 발견했다. 여느 때처럼 시리얼 부스러기나 주워 먹으러 나왔다가 갑자기 날아든 식판에 배가 터져 죽은 모양이었다. 준은 자그마한 쥐의 사체를 물끄러미 바라보았다.

"미안해."

준은 비닐 팩을 열어 안에 든 과자와 단것들을 침대 위에 쏟아 냈다. 그리고 손에 비닐 팩을 낀 뒤 생쥐를 집어 들었다. 조심스레 손을 빼내 비닐을 뒤집은 다음 입구의 지퍼를 닫아 밀봉했다. 준은 생쥐가 담긴 비닐 팩을 어쩔까 고민하다가 빈 식판 위에 올려놓았다. 마냥 방에 둘 수도 없는 노릇이었다.

기분이 좋아진 준은 박하사탕 포장지를 뜯으며 콧노래를 흥얼거렸다. 사탕을 입에 물고 와삭 깨물자 강한 단맛이 혀를 강타했다. 알싸한 박하 향에 혀가 아려 와 준은 잠시 깨무는 것을 멈췄다.

넌 아이 같지 않구나. 넌 정말 아이 같지가 않아. 보통 아이들은 과자와 사탕을 좋아해. 과자와 사탕 말이야.

준은 귀를 막고 무릎을 꿇었다.

"저도 과자와 사탕이 좋아요. 정말 좋아해요. 그러니까 맛있게 먹을게요."

준은 박하사탕 서너 개를 집어 급히 포장지를 벗긴 뒤 몽땅 입에 털어 넣었다. 두어 번 씹고 꿀꺽 삼키자 목에 사탕이 걸리는 느낌이었다. 준은 캑캑거리다 다시 침대 위로 기어 올라갔다. 그러고는 모포를 덮고 몸을 웅크렸다.

넌 과자와 사탕이 좋은 거지? 그렇지?

하얀 방은 산더미처럼 쌓인 사탕 껍질과 빈 과자 봉지로 몹시 지저분했다.

치우지 마. 치울 필요 없어.

목소리는 여전히 부드러웠지만 준은 무서웠다.

"죄송해요. 정말 죄송해요. 용서해 주세요."

준은 무릎을 꿇고 손바닥을 비벼 댔다. 준의 등에 급작스러운 통증이 느껴졌다.

"아파요."

준은 손을 덜덜 떨었다. 그녀는 침대에 엎드려 자신의 등을 어루만졌다. 불에 달군 쇠젓가락이라도 닿은 듯 화끈거렸다.

"난 나쁜 애예요. 정말 나쁜 애예요. 용서해 주세요. 제발 용서해 주세요."

한동안 가라앉았던 등의 통증이 다시 욱신대고 있었다. 준은 격렬한 아픔을 참기 위해 이를 악물었다. 준은 준희를 떠올렸다. 준희의 다정한 음성, 빛나는 검은 눈동자, 꼭 다시 오겠다는 약속…… 그 모든 것이 자신을 감싸 안도록 계속해서 열심히 생각했다.

기다려, 준.

신기하게도 등의 통증이 서서히 가라앉았다. 준은 이마의 식은 땀을 손등으로 닦아 냈다.

저녁 식사 시간이 되자 준은 식판 두 개를 구멍 틈으로 내밀었다. 여자는 식판을 받은 뒤 곧바로 구멍을 닫았다. 그런데 준이 저녁 식판을 들고 일어서려는 찰나, 날카로운 비명이 들려왔다. 다시 구멍이 열렸다.

"너!"

준은 그대로 멈춰서 굳어 버렸다.

"아무리 벌을 받아도 달라지는 게 없구나!"

"네?"

"일부러 쥐를 죽여서 내놓았잖아! 대체 무슨 생각인 거야? 그렇다고 내가 겁이라도 먹을 거 같아?"

"그, 그건……."

"넌 아무래도 평생 여기 있어야 할 것 같다."

"그게 아니에요! 그건……."

준의 말이 채 끝나기도 전에 배식 구멍이 닫혔다. 준은 손에 든 식판을 멍하니 내려다보다가 침대 머리맡의 작은 창으로 시선을 돌렸다. 길어진 해 때문에 아직도 밤은 멀기만 했다. 준은 끈질긴 햇살만큼이나 긴 한숨을 쉬었다.

준희

준희는 섬뜩한 울음소리를 들었다. 준이 소리를 지르며 울고 있었다. 아마도 며칠 동안 자기를 만나지 못해 절망한 것이리라. 정윤도 자기가 떠난 뒤 저렇게 울부짖었을 것이라 생각하자 준희는 가슴이 아팠다. 정윤의 존재를 알게 된 것도 그 애의 울음소리 때문이었다.

삼촌을 따라 이곳에 오긴 했지만 그때 준희는 별다른 할 일이 없었다. 기도원 주변은 온통 붉은 흙더미에 먼지뿐이었고, 엄마와 지낼 때 하던 분량만큼 공부를 끝내고 나면 지루함에 몸을 뒤틀어야 했다. 준희는 틈틈이 지연의 일을 거들며 궁금한 것들을 물어보았다. 삼촌은 기도원에 있는 날이 별로 없었다. 지연은 그가 전국

각지의 교회들을 다니며 집회를 주관한다고 했다.

"원장님께는 특별한 능력이 있거든. 그래서 모두들 그분을 필요로 해."

"무슨 능력?"

"곤란한 상황에 처한 사람들을 도울 수 있어."

"곤란한 상황?"

"그래, 자기 힘으론 도저히 어쩔 수 없는 그런 일들."

"예를 들면?"

지연은 말없이 배추 절이는 일에 몰두했다. 그녀는 대답하기 싫은 질문은 아예 못 들은 척 무시해 버렸다.

삼촌이 기도원에 돌아오면 가뜩이나 무겁고 답답한 공기가 더욱 가라앉았다. 그는 거의 말이 없었지만 어쩌다 하는 말은 누구도 거부할 수 없었다. 엄마에게 어른이라고 다 귀담아들을 말만 하는 건 아니라고 배웠지만 삼촌의 말은 무엇이든, 심지어 물 좀 줘, 같은 시답잖은 말조차 귀 기울여 들어야 할 것 같았다. 그는 기분이 상하면 얼굴을 굳힌 채 차가운 눈동자만을 움직여 자기 심사를 드러냈다. 말 한마디 없이도 그는 준희가 얼음장만큼이나 차가운 물세례를 받은 것처럼 느끼게 할 수 있었다.

"공부는?"

"잘돼 갑니다."

"좋아. 심심하진 않니? 여긴 아이가 할 만한 게 없어서."

"심심합니다."

대화는 그것으로 끝이었지만 삼촌은 그다음 집회를 끝내고 돌아올 때 농구공을 하나 사 왔다. 골대도 함께 주문했다고 했다. 마당에 골대가 설치되던 날 준희와 삼촌은 농구 시합을 벌였다. 삼촌은 나이에 비해 몸이 가벼웠고 준희는 몸집에 비해 운동 신경이 좋았다. 준희는 삼촌이 골인에 기뻐하거나 노골에 짜증을 내며 솔직하게 감정을 표현하는 게 신기하면서도 몹시 기분이 좋아 더욱 크게 웃고 떠들었다. 두 사람이 좀체 나지 않는 승부에 몰두하는 동안 지연은 온돌에 미리 발효시켜 둔 밀가루 반죽을 둥그렇게 빚고 그 안에 몇 시간 동안 졸인 팥소를 넣어 찜통 하나 가득 찐빵을 쪄 냈다.

그날뿐이었다. 삼촌은 준희와 다시는 농구 시합 같은 것을 벌이지 않았다. 기도원에 있을 때 그는 하루 종일 본관의 서재에 틀어박혀 꼼짝하지 않았으며 사택에는 식사 때에만 모습을 드러냈다. 준희는 이른 새벽 그가 기도하는 소리를 들은 적이 있다. 뭐라 알아들을 수 없는 소리로 웅얼웅얼하다가 갑자기 크게 소리를 지르기도 하는 그의 기도는 얼핏 듣기에도 몹시 열정적이었다. 준희는 보이지 않는 존재와 그토록 열심히 대화하려 애쓰는 삼촌의 모습이 무척 인상 깊었다.

삼촌이 기도원에 없던 날 밤이었다. 준희는 오후 내내 지연의 전지 작업을 거들어 무척 피곤했음에도 쉽사리 잠들지 못했다. 달빛과 바람 소리가 만들어 낸 세상의 그림자들이 모두 자신의 창가로 모여드는 것만 같았다. 엄마와 필리핀의 한적한 마을에서 묵으며 엄청나게 큰 파도 소리에 잠들지 못하고 뒤척이던 때가 생각났다. 엄마는 잠들기를 포기하고 빌린 스쿠터 뒤에 준희를 태운 다음 한 시간이나 달려 시내로 나갔다. 냉장고도 없이 아이스박스에 넣어 둔 얼음 몇 개를 미지근한 맥주와 콜라에 띄워 주던 작은 바에는 손님이 준희와 엄마뿐이었다. 창가 사철나무는 타닥타닥 유리창에 쉴 새 없이 가지를 부딪쳤고 준희는 공기가 흐르는 듯한 미묘한 소리를 하나라도 놓치지 않으려고 귀를 세웠었다.

갑자기 준희는 몸을 벌떡 일으켰다. 이번엔 잘못 들은 게 아니었다. 분명히 울음소리가 들려오고 있었다. 이토록 잠이 오지 않는 무료한 밤이 아니었다면, 낯선 밤길을 낡은 스쿠터로 질주하던 엄마의 무모함을 추억하지 않았더라면 준희는 그대로 몸을 웅크린 채 잠들었을지도 몰랐다. 준희는 후드 카디건을 걸치고 서랍을 뒤져 손전등을 찾아냈다. 준희가 발끝을 들고 거실을 살금살금 가로질러 조심스레 현관문을 열고 나가는 동안 지연의 방에서는 아무런 기척도 없었다. 지연은 낮 동안 쉴 새 없이 몸을 움직이는 데다 새벽 일찍 일어나기 때문에 늘 깊이 잠들었다.

지연이 시야를 막는다며 거슬려하던 사택 앞의 커다란 전나무가 보름달이 환히 뜬 청람색 하늘 끝에 닿아 있었다. 바람이 한 번씩 불 때마다 푸른빛에 물든 나뭇가지가 부르르 몸을 떨었다. 그

바람은 켜켜이 쌓인 흙가루를 곰삭히고 숨죽게 해 흙무더기 능선의 모양을 조금씩 달라지게 할 것이었다. 준희는 가만히 서서 소리에 귀를 기울였다. 한동안 끊겼던 울음소리가 다시 희미하게 이어지고 있었다. 소리를 따라 몇 발자국 걸음을 옮기자 사택 뒤편의 기괴하고 을씨년스러운 폐건물이 준희 눈에 들어왔다.

준희는 겁이 많은 아이가 아니었다. 하지만 보름달이 뜬 밤, 괴괴한 숲을 뒤로하고 낡은 시멘트 건물에 들어가려니 몸이 떨렸다. 준희는 손전등을 켜고 걸음을 옮겼다.

"겁이 날 땐 되레 가까이 가는 거야."

준희는 어릴 때 거미를 무서워했다. 엄마는 거미를 잡아 당신 손바닥 위에 올려놓은 뒤 가까이서 지켜보게 했다. 준희가 차츰 거미의 모양에 익숙해지자 엄마는 거미를 준희의 손바닥에 올려 주었다. 준희는 이제 거미를 봐도 아무렇지 않았다.

건물에 가까이 다가갈수록 울음소리는 더욱 또렷해졌다. 준희는 건물 안에 누군가가, 혹은 어떤 존재가(준희는 울음소리의 정체가 사람이 아닐 수도 있다고 생각했다.) 있다고 확신했다.

'그냥 장난치기 좋아하는 도깨비일지도 몰라. 엄마는 어렸을 때 도깨비를 직접 본 적도 있었다지. 도깨비들이 엄마의 머리카락을 잡아당기며 깔깔 웃었다고 했어. 설사 머리를 산발하고 입가에 피를 흘리는 처녀 귀신이 나타난다 해도 놀라지 말자. 엄마는 그게 다 도깨비가 사람을 놀리려고 변신한 것일 뿐이라고 했어.'

긴장한 준희가 손을 떠는 바람에 손전등의 불빛도 함께 흔들렸다. 준희는 마른침을 꼴딱 삼키다 자기가 도리어 그 소리에 놀라 가슴이 내려앉았다. 앞머리가 자꾸만 바람에 휘날려 거치적댔다. 준희는 앞머리를 매만지려고 무의식적으로 손을 올렸다가 시야에서 손전등 불빛이 사라져 깜짝 놀라는 얼뜨기 같은 짓을 몇 번이나 되풀이했다. 멀리서 보기에도 흉측하기 그지없던 회색 시멘트 건물은 가까이서 보니 더욱 흉물스러웠다. 녹색 페인트칠이 군데군데 벗겨진 철문을 조심스레 잡아당기자 끼익 소리(준희에게는 천둥소리 같았다!)와 함께 문이 열렸다.

달빛도 닿지 않아 칠흑처럼 어두운 건물 안으로 들어서자 울음소리의 주인이 아이라는 것을 알 수 있었다.

'아이로 변장한 도깨비일지 몰라!'

준희는 무서운 와중에도 도깨비를 직접 만날 수 있을지 모른다는 기대감 때문에 살짝 흥분이 되었다. 길고 어두운 복도에 준희의 발소리가 울려 퍼지자 울음소리가 사라졌다. 준희는 등골이 서늘해졌다.

"누구 있어?"

준희는 복도 가운데에 버티고 서서 제법 큰 소리로 외쳤다. 아무 대답도 들리지 않았다.

잠시 틈을 두었다가 준희는 기어들어 가는 목소리로 다시 물었다.

"……너, 도깨비야?"

"……도와주세요."

작고 가는 여자아이의 목소리였다. 머리털이 쭈뼛 곤두섰으나 준희는 소리가 나는 쪽으로 다가갔다.

"도와주세요, 제발. 날 좀 도와주세요."

아이는 겁에 질린 목소리로 계속 도와 달라고 했다. 준희는 복도 끝 방 앞에 다다라 손전등으로 문을 자세히 훑어보았다. 커다란 자물쇠가 걸려 있었다. 좀 더 살펴보니 문 밑에 우편함 투입구 모양의 구멍이 나 있는 게 보였다. 준희는 등 뒤를 휘익 둘러보고 아무것도 없다는 것을 확인한 뒤 구멍 앞에 엎드렸다. 구멍에 달린 쇠 덮개는 밖에서 간단히 위로 들어 올릴 수 있게 되어 있었다. 준희는 덮개를 올리고 안을 들여다보았다. 암흑을 뚫고 희멀겋게 빛나는 무언가가 준희의 시선을 사로잡았다.

"……넌 대체 뭐야?"

"나, 나는 나쁜 아이예요. 하지만 착해질게요. 제발 도와주세요."

첫 만남에서 정윤은 자기를 나쁜 아이라 했고 준희는 그 말이 도깨비라는 소리만큼이나 당황스러워 잠시 할 말을 잃었었다.

2장

하얀색의 달콤한 박하사탕

준

드디어 밤이었다. 창밖이 검푸른 색으로 서서히 물들어 가고 있었다. 준은 복도에서 발자국 소리가 들려오길 애타게 기다렸다. 시간은 더디 가는 듯했지만 준의 심장은 지나치게 빨리 뛰었다.

"준희가 올 거야."

준은 토끼 인형을 끌어안으며 쉰 목소리로 말했다.

"그 아이는 반드시 와 줄 거야."

준은 인형을 안은 채 침대에 누웠다. 낮 동안의 격렬한 울부짖음 때문인지 몹시 피곤했고 온몸이 쑤셔 댔다. 준은 눈이 따끔거려 가만히 감아 보았다. 준희를 본 적이 없는데도 눈을 감으면 준희의 모습이 자연스레 떠올랐다. 설령 준희가 만 명 사이에 서 있다 해도 단번에 알아볼 수 있을 것 같았다. 준은 저도 모르게 깜빡 잠이 들었다가 화들짝 놀라며 깨어났다. 무슨 소리라도 들리나 신경을 곤두세우고 문 쪽을 노려보다가 다시 베개에 머리를 묻는 일을 몇 번이나 반복하는 동안 밤이 더욱 깊어졌다.

"올 거야. 그러니까 실망하지 마."

준은 토끼를 쓰다듬으며 중얼거렸다.

"준!"

준희의 목소리가 들려왔다.

"거봐!"

준은 침대에서 펄쩍 뛰어내렸다. 준희의 목소리는 청량한 시냇물 소리 같아서 다른 사람의 음성과 헷갈릴 수가 없었다.

"준희야!"

"쉿! 목소리가 너무 커."

준은 구멍 앞에 바싹 엎드렸다.

"와 줬구나."

준도 준희처럼 속삭이듯 말했다.

"온다고 했잖아."

"응."

"할 수 있는 한 자주 와 볼게."

"응."

"그런데 너, 쥐를 죽여 내놓았어? 지연 씨가 식판 위의 죽은 쥐를 치우면서 역겹다고 난리였어."

"그게 아니야."

준은 마른 입술을 혀로 축이며 다급하게 설명했다.

"그냥 죽었어. 그래서 치워 달라고 내놓은 건데, 그런데 아, 아줌마가 갑자기 화를 내면서……."

"쥐가 저 혼자 배가 터져서 죽었다고?"

"……응."

준희의 눈동자가 구멍 틈으로 나타났다.

"필리핀 시골에선 고기를 먹기 힘들어. 그래서 동네 아이들이 혜정 씨의 영국인 친구가 가지고 있던 실험용 쥐를 몰래 잡아 구워 먹었어. 그는 런던의 제약 회사에서 의뢰받은 일로 동물 실험을 하던 중이었는데, 어찌나 쥐를 잘 먹였던지 몸집이 어마어마하게 컸거든. 혜정 씨 친구는 일 년 동안의 실험 데이터가 아이들 배 속으로 사라졌다며 길길이 날뛰었지만 혜정 씨랑 나한테는 그저 웃기는 일이었어. 설사 네가 진짜 쥐를 죽여 내놓았다 해도, 충분히 그럴 만하지 않아? 넌 이유도 모르고 갇혀 있는데."

"그, 그래?"

"그나저나 쥐가 그냥 죽었다니 참 희한한 일이다."

"그러게."

"그동안 뭐 좀 기억나는 게 있었어?"

"저기……."

준은 머뭇거렸다.

"괜찮아. 말해 봐."

"……과자와 사탕."

"그게 왜?"

"난 그게 무척 좋았나 봐."

"바보냐? 그건 애들이라면 다 좋아해."

"그게 아니라, 네가 준 과자 때문에 생각난 건데…… 기억 속에서 내 방에는 사탕 껍질과 빈 과자 봉지가 산더미처럼 쌓여 있어."

"글쎄, 그런 걸 너무 많이 먹어서 여기 갇혔다는 건 좀 이상하다."

"아줌마는 내가 벌을 받는 거라고 했어. 내가 나쁜 아이라……."

"나쁜 아이?"

"응."

준희는 한동안 아무 말도 하지 않았다.

"………준희야?"

"내 말 잘 들어, 준."

"응."

"설령 네가 나쁜 아이라 해도 여기 가둬 두는 건 안 돼. 그게 진짜 나쁜 거야. ……아마 혜정 씨도 그렇게 말했을 거야."

"근데…… 혜정 씨는 누구야?"

"장혜정. 우리 엄마."

"엄마를 그렇게 불러?"

"응, 혜정 씨는 엄마라 불리는 것보다 이렇게 불리는 걸 더 좋아했거든."

"그, 그래?"

준은 준희와 조금이라도 더 함께 있고 싶은 마음에 혹시라도 준희가 가 버릴까 봐 서둘러 말을 이었다.

"엄마와 필리핀에 있었어?"

"한 일 년 정도. 바닷가 마을에 세를 얻어 지낸 때도 있는데 처음엔 파도 소리 때문에 돌아 버리는 줄 알았어. 한동안 잠도 자지 못하고 밤새 뒤척였는데 신기하게도 익숙해지더라. 나중엔 혜정 씨나 나나 태풍이 몰아쳐도 코를 골며 푹 잤어. 우린 여기저기 여행을 많이 다녔어. 중국에서도 지내 봤고 태국, 몽골, 인도의 시골에서도 몇 달씩 살아 봤어. 런던, 로마, 파리, 시드니, 오클랜드, 텍사스에도 가 봤고. 텍사스엔 정말 바비큐 가게가 많아. 맛도 좋고."

"그렇구나. 또 뭐가 좋았어?"

"뭐가 좋았냐고? 음…… 오클랜드 근교에 푸케코헤라는 조그만 타운이 있어. 거기에서 사십 분 정도 차를 타고 들어가면 포트 와이카토라는 바닷가가 나오는데 파도가 거칠어서 서퍼들도 좋아하는 곳이야. 햇볕을 받으면 검은 모래가 반짝반짝 빛나면서 엄청나게 뜨거워져. 저녁이면 서퍼들이 물 밖으로 나와서 해변에 세워 둔 자동차의 라디오를 크게 틀어 놓고 음악을 들으며 일몰을 구경해. 단지 해가 지는 것뿐인데 아무도 하늘에서 눈을 떼지 못해. 아름답다고 알려진 수많은 바닷가에 가 보았지만 이상하게도 그곳에서 보았던 붉은 노을이 가장 기억에 남아. 거기 유일하게 있던 가게에서 사 먹은 피시 앤드 칩스도 맛있었어. 혜정 씨는 냉동 생선을 쓰는 엉터리라고 질색했지만."

"엄마는 지금 어디 계셔?"

"죽었어."

"보고 싶어?"

"글쎄. 문득 함께 있었으면 좋겠다는 순간은 있어. 하지만 그런 마음이 꼭 보고 싶은 건지는 모르겠어. 혜정 씨의 모습은 지금도 기억 속에 생생하게 살아 있고 어차피 내가 보고 싶어 한다 해서 다시 만날 수 있는 것도 아니잖아."

"난 엄마에 대한 기억이 없어. 아빠도."

"그건…… 참 안된 일이다."

"응."

"언젠간 꼭 기억을 되찾게 될 거야."

"그럴까?"

"그럼."

"저기…… 삼촌은 무서운 사람이니?"

"그는 날 맡아 주었어."

"하지만 날 가둬 두잖아."

"……맞아."

"정윤이라는 아이는 찾았어?"

"아니."

"그 아이는 가족에게 돌아간 걸까?"

"아마…… 그랬을 거야."

"그럼 나도 언젠가는 돌아가겠다, 그렇지?"

"그럼! 그러니까 힘내, 준."

준은 구멍에 손을 넣어 밖으로 내밀었다. 준의 손은 작고 말랐지만 구멍 크기가 워낙 작아 손등 여기저기를 긁히고 말았다. 준희는 그 손을 따뜻하게 잡아 주었다. 준의 눈에 눈물이 고였다.

"나가고 싶어."

"적당한 기회가 올 때까지는 여기 얌전히 있어야 해. 그러니까 어제처럼 울고불고 그러면 못써. 밖에 있는 사람들 경계심만 더 부추기게 되거든. 내 말뜻 알지?"

준희에겐 자기 모습이 보이지 않는다는 사실도 깜빡 잊은 채 준은 열심히 고개를 끄덕였다.

"조금 있으면 삼촌이 돌아와."

"삼촌?"

"그래. 저번에 말했지? 이 기도원 원장이라고. 삼촌이 돌아오면 난 여기에 당분간 오지 못할 거야."

준은 가슴이 무너져 내리는 것 같았다.

"하지만 삼촌은 또 훌쩍 떠날 거니까 금세 다시 올 수 있어. 반드시 내가 도와줄 테니 기다릴 수 있지?"

"기다릴게."

"실망하지 말고."

"실망 안 해."

"대견하다, 준."

준희가 떠나고 난 뒤 준은 오랜만에 편히 잠들 수 있었다. 꿀처럼 달콤하고 솜털같이 부드러운 잠이었다.

준희

기도원 앞으로 난 국도를 따라 삼십 분 정도 걷다 보면 작은 동네가 하나 나왔다. 시내와는 조금 떨어진 시골 마을이었다. 인도가 따로 없는 데다 차들이 워낙 빠르게 달려 간혹 큰 사고가 나기도 했지만, 버스가 워낙 드문 탓에 마을 주민들이 근처 시내까지 걸어 다니는 일도 종종 있었다. 지연은 기도원에 소소한 생필품이 필요할 때면 시내로 나가는 대신 이 마을에 있는 약국과 소매 잡화점을 이용했다. 옹기종기 모여 있는 백여 채의 가옥 사이에 맥줏집과 다방까지 있고 아담한 교회도 한 채 있었다. 지연은 볼일을 본 뒤 가끔 목사관에 들러 목사 부인과 함께 커피를 마셨다.

준희도 지연을 따라 그 동네에 몇 번 가 본 적이 있었다. 지연이 목사 부인과 수다를 떠는 동안 준희는 잡화점에서 아이스바를 하나 사서 입에 물고 동네를 이리저리 돌아다니다가 골목을 어슬렁거리는 똥개들과 안면을 트거나, 너는 왜 학교에 가지 않느냐는 동네 노인의 오지랖 넓은 질문에 빙글빙글 웃으며 "난 지능이 낮아. 학교에서 안 받아 준대." 하고 어눌한 말투로 답해 주고는 했다.

목사는 주민들을 위해 교회 한구석에 책장 몇 개를 들여놓고 작은 도서관을 운영하고 있었다. 서가는 주로 도시 교회의 교인들이 기증해 준 도서들로 채워졌다. 『록, 그 악마의 음악』이라든가 『영화에서 역사하는 악마의 힘』 같은 얼토당토않은 대중문화 비판서 종류의 기독교 서적이 많았지만 헤밍웨이, 피츠제럴드, 레마르크, 서머싯 몸, 도스토옙스키, 톨스토이 같은 위대한 문호의 소설이나 에세이집도 간간이 섞여 있었다.

준희가 도서관에서 유일하게 챙겨 보던 책은 목사가 개인적으로 창간호부터 최근호까지 빠짐없이 소장하고 있던 『리더스 다이제스트』뿐이었다. 준희는 『리더스 다이제스트』를 통해 조지아 오키프의 작품 세계와 빈 소년 합창단 단원들의 변성기 이후 생활에 대해서 알게 되었다. 그저 재능 있는 장르물 감독 정도로 치부되다가 프랑스 평론가들에게 재발견된 앨프리드 히치콕, 대배우 앨릭 기니스가 무명 감독 조지 루커스의 대본을 알아보고 '오비완' 역을 수락하면서 시작된 '스타 워즈' 시리즈의 전설, 할렘가 출신의 흑인 소녀가 고난과 역경을 딛고 변호사가 되기까지의 과정, 나치

전범을 찾아내 즉결 처형한 전(前) 모사드 요원의 고백, 그리고 냉전 시대 볼쇼이 발레단의 천재 발레리노였던 미하일 바리시니코프의 탈출기 모두 『리더스 다이제스트』를 통해 알게 되었다. 준희는 멜론 맛이 나는 아이스바를 핥아 먹으며 『리더스 다이제스트』를 뒤적거리는 재미로 동네에 갔다.

"이게 그렇게 재밌니?"

'큰사랑'이라는 교회 이름처럼 사랑이 넘치는 듯한 동글동글한 인상의 박 목사는 준희가 『리더스 다이제스트』의 유머 코너를 읽으며 낄낄거릴 때마다 그렇게 물었다.

"응."

"어이구, 장하네. 열심히 봐, 응? 그래, 삼촌은 안녕하시고?"

"그럼."

"요즘 통 뵙기가 힘드네."

"나도 그래."

박 목사는 준희를 처음 만난 날 머리를 쓰다듬으며 삼촌은 무척 훌륭하신 분이니 자랑스러워해야 한다고 말했다. 준희는 뭐가 훌륭하냐고 물어보았지만 박 목사는 설명해 줘도 너는 몰라, 하고 준희를 바보 취급하며 입을 다물어 버렸다. 박 목사는 지능이 낮다는 준희의 말을 그대로 믿은 터라 준희가 반말을 해도 활짝 웃으며 등을 두드려 주기만 했다.

준에게 밤에 가겠다고 약속을 한 날 오후에, 준희는 지연이 기도원 일로 정신없이 바쁜 틈을 타 흙먼지 이는 도로변을 걸어 동네로 갔다. 일 년 전과 달라진 것이 없기는 동네도 기도원과 마찬가지였다. 골목을 어슬렁거리던 누렁개를 닮은 강아지 몇 마리가 늘어나 있었지만 전체적인 인상에는 차이가 없었다. 준희는 동네 초입에 있는 잡화점에 먼저 들렀다. 먼지 쌓인 물건 틈바구니에 앉아 준희에게 호들갑스럽게 인사하는 잡화점 여주인만이 준희의 기억과 많이 달라져 있었다. 그녀는 그새 체중이 더욱 불어나 인간에서 범고래로 진화하는 중이었다.

"아니, 이게 누구야? 그래, 그동안 잘 지냈어?"

"응."

"학교는 다닐 만해?"

"응."

"근데 어쩜 이리 멋있어졌어? 키 큰 거 봐!"

"넌 더 뚱뚱해졌어."

여주인은 고개를 뒤로 젖히며 호탕하게 웃었다.

"그나저나 이제 학교도 다니니까 무지 똑똑해졌겠네?"

"그럼."

"그래야지!"

카운터 맞은편 벽에 매달린 텔레비전을 흘끔거리며 여주인이 건성으로 맞장구쳤다. 준희는 유통 기한이 일주일밖에 남지 않은 잡화점 안의 과자 박스들 중 최대한 멀쩡해 보이는 것들로 골라

여주인 앞에 수북이 갖다 놓은 뒤 멜론 맛 아이스바의 포장지를
뜯고 입에 물었다.

"뭔 과자를 이리 많이 사아?"

여주인은 기분이 좋은 듯 과잣값을 계산하며 말꼬리를 끌어
올렸다.

"기도원 애들 주려고."

"애……들?"

"그래, 기도원에 잠시 있다 가는 애들."

"걔들 사다 주는 거야?"

"……응."

"이번엔 많이 왔나 보네?"

"아주 많아."

여주인은 콧노래를 흥얼거렸다. 준희는 검은색 비닐봉지에 과
자를 담아 들고 가게를 나왔다.

준희가 동네에 들르는 시간은 대개 맥줏집이 막 문을 열고 하루
장사를 준비하는 때였다. 맥줏집은 입구를 온통 시커먼 페인트로
칠해 조금이나마 고급스러운 느낌을 내 보려고 했으나 단지 우중
충해 보일 뿐이었다. 간판에는 '제이 비어'라는 의미 모를 상호가
적혀 있고 거품이 이는 노란 생맥주 잔이 함께 그려져 있었다. 준
희는 그 간판을 볼 때마다 맥주는 어떤 맛일까 궁금해졌다. 간판에
그려진 모양을 보면 노란색 콜라 같은 느낌이었다. 준희는 아이스

바를 핥으며 맥줏집 간판을 바라보다가 안으로 들어갔다.

준희가 불쑥 들어서자 한창 바닥을 청소 중이던 여자가 깜짝 놀라며 굽혔던 허리를 폈다.

"……누구?"

준희가 동네에서 처음 마주친, 제대로 화장한 여자였다. 젊었을 때는 꽤 예뻤을 얼굴에 자잘한 주름이 져 있었지만, 준희는 지금도 봐 줄 만하다고 생각했다.

"맥주 한 잔. 시원한 걸로."

준희가 의자에 걸터앉으며 말했다. 여자는 팔짱을 낀 채 준희를 이리저리 뜯어보더니 손짓을 했다.

"나가."

준희는 그녀의 말에 아랑곳하지 않고 싱글싱글 웃었다. 준희가 그렇게 웃을 때면 사람들은 잠시 할 말을 잃고 준희의 얼굴을 물끄러미 보게 되었다. 단단히 굳어 있던 여자의 표정이 조금 누그러졌다.

"뭐야? 너 저능아야?"

"맞아."

"뭐?"

"근데, 나 돈도 있고 맥주 맛도 궁금해. 한 잔만."

여자는 빗자루를 내려놓고 준희 앞에 걸터앉았다.

"몇 살인데?"

준희는 눈동자를 이리저리 굴리면서 고개를 갸웃했다.

"음…… 열아홉, 열여덟? 나이 같은 거 잘 몰라."

"너 정말 저능아야?"

준희는 대답 대신 미소를 지었다.

"……무슨 맥주?"

"간판에 있는 거."

"생맥주?"

"응."

여자는 바 안쪽으로 들어갔다. 잠시 후 여자가 500시시 생맥주 잔을 들고 나왔다. 준희는 잔을 받아 든 뒤 거품이 이는 노란 맥주를 지그시 바라보았다.

"마셔 봐."

여자가 준희 앞에 앉아 말했다. 그러고는 마시는 흉내를 냈다.

"이렇게."

준희는 잔을 들어 단숨에 들이켰다. 목이 타들어 가는 느낌과 시원한 느낌이 동시에 들었다. 여자가 작게 휘파람을 불었다.

"대단한데?"

"으, 쓰다."

준희는 검은 비닐봉지를 들고 일어섰다.

"고마워."

준희가 만 원짜리 지폐를 내밀자 여자가 고개를 저었다.

"됐어."

가게를 나서는 준희의 등 뒤에서 여자의 목소리가 들렸다.

"또 와."

준희는 고개를 돌려 여자를 향해 웃어 보였다.

맥줏집에서 동네 안쪽으로 십여 분 정도 걸어 들어가자 자그마한 교회가 나왔다. 큰사랑 교회였다. 나무 창틀과 출입문에는 파란색 페인트가, 시멘트 벽에는 흰색 페인트가 말끔히 칠해진 작은 건물은 '지중해풍' 분위기를 내고 싶어 한 박 목사 부인의 취향에 따른 것이었다. 그녀는 '프로방스풍'의 실내를 꾸미려고 흰색 레이스와 꽃무늬 천을 대량으로 사들여 커튼과 덮개, 방석을 재봉틀로 끊임없이 만들어 냈고 예배실 전체를 꽃과 레이스의 물결로 뒤덮어 버렸다. 그 많은 헝겊 쪼가리에 쌓이는 먼지들을 일일이 털어 낼 수도 없는 터라 예배실은 잡화점만큼이나 많은 먼지로 꽉 차게 되었다.

박 목사 부인의 재봉질은 그동안도 멈춤이 없었던 모양으로 먼지와 레이스는 예배실 옆의 도서관으로까지 범람하고 있었다. 준희가 도서관에 들어섰을 때 박 목사는 면사포 같아 보이는 치렁치렁한 천 사이에서 한 마리 투구벌레처럼 등을 굽힌 채 책상 앞에 앉아 설교 준비 중이었다. 그는 인기척에 고개를 들었다가 준희와 시선이 마주치자 곤란해하는 표정을 지었지만 곧 평소의 인자한 얼굴로 되돌아갔다.

"잘 지냈어?"

준희는 비닐봉지를 바스락대며 그에게 걸어가 어눌한 말투로 인사를 건넸다. 박 목사는 헛기침을 두어 번 한 뒤 준희에게 미소를 지어 보였다.

"어이구, 우리 준휘구나."

"준휘가 아니라 준희야."

"그럼, 그럼!"

준희는 비닐봉지를 레이스 덮개 위에 올려놓고 박 목사 맞은편 의자에 걸터앉았다.

"그동안 잘 지냈고? 학교는 어때?"

"알잖아, 멍청한 애들만 잔뜩 있어."

"저런. 그래도 사이좋게 지내고 있지?"

"뭐하러?"

"설마 그 뭐냐, 왕따당하고 그러는 건 아니지? 응?"

준희는 실소를 터뜨렸다가 갑자기 정색했다.

"정윤이가 없어졌어."

가늘게 찢어진 박 목사의 눈매에는 진심을 알 수 없는 다갈색의 탁한 눈동자가 눈꺼풀에 반쯤 가려진 상태로 담겨 있었다. 준희는 그 눈동자를 똑바로 보았다.

"정윤이?"

"정윤이."

"……그게 누군데?"

"일 년 전에 봤잖아."

"글쎄."

"모두가 봤어."

"뭔 소리를 하는 건지."

"정윤이는 여기 왔었어."

박 목사는 허허 웃으며 책상 위 신약 주석서로 시선을 돌렸다.

"바보 같은 소리."

그가 혼잣말처럼 중얼거렸다.

"그래서 정윤이가 어떻게 됐게?"

그는 몹시 불쾌한 듯 신음 소리를 냈다.

"그걸 왜 나한테 물어?"

"역시 알잖아. 정윤이."

그는 혀를 찼다.

"삼촌은 돌아오셨니?"

"아직."

"쓸데없는 소리 하지 말고 얌전히 있어. 어차피 좀 있으면 학교로 돌아가야 하잖아?"

박 목사는 심드렁하게 말하며 볼펜을 집어 들었다. 준희는 박 목사의 손에서 볼펜을 낚아채 열려 있던 창문 밖으로 집어 던졌다.

"너 이 녀석!"

박 목사의 얼굴이 붉게 달아올랐다.

"어디서 버릇없이!"

준희는 자리에서 일어났다. 그러고는 의자를 발로 걷어차 구석
으로 날려 버렸다. 박 목사가 굳은 표정으로 노려보는 동안 준희는
비닐봉지를 집어 들고 도서관을 나왔다.

준

"뭐든 기억나는 게 있어?"

"음…… 열심히 노력하고 있어. 그래서 몇 가지 흐릿하긴 해도…….'

"어떤 건데?"

"커다란 집이 있어. 언뜻 어른들이 몇 명 보이고 나는 거기에서 유일한 어린아이야. 그런데…….'

"그런데?"

"어른들이 날 미워하는 것 같아."

"어째서?"

준은 저도 모르게 손을 뒤로 돌려 자신의 등을 어루만졌다.

"그냥……."

"그냥이라니! 그런 생각이 들었다면 분명히 이유가 있을 거야. 말해 봐, 뭐든."

"등이 아파."

"등?"

"응, 가끔씩 상처가 욱신거리는 것처럼 아파져."

"누군가에게 맞았단 말이야?"

"그, 그런 것 같아……."

짧은 침묵이 흘렀다.

"어른들이 널 때렸어?"

준은 눈에 고인 눈물을 손등으로 훔쳐 냈다.

"확실한 건 아니야. 기억이 토막토막 끊기니까……."

"그 어른이라는 사람들은 네 부모가 아닐까?"

"잘 모르겠어."

"그 집에서 좋았던 기억은 없어?"

"부드러운 목소리, 따뜻한 손, 넓고 깨끗한 방, 그런 것들도 기억나. 그런데……."

"그런데?"

준희는 격려하듯 되물었다.

"나는 왜 항상 불안하고 겁에 질려 있는지 모르겠어. 기억 속의 난 항상…… 화가 나 있거나 아프거나 울고 있거나……."

준은 더 이상 자세히 설명하지 못했다. 그 감정은 지금 묘사한 어떤 단어와도 맞지 않았다. 모든 것이 혼란스럽게 뒤엉킨 불길하고 어두운 감정의 덩어리를 준희에게 어떻게 이해시켜야 할지 난감했다.

"난…… 그냥…… 아파."

"아픈 데는 다 이유가 있어. 그러니까 왜 아픈지 알면 아프지 않도록 고칠 수도 있어. 그러니까…… 괜찮아, 준. 무서워하지 마."

"준희야."

"응?"

"난 엄마 아빠에게 버림받은 걸까?"

"그건…… 그것도 무서운 일이 아니야. 날 봐. 엄마나 아빠가 버린 건 아니지만 난 결국 혼자가 되었어. 버려지든 남겨지든 결국은 마찬가지야."

"난 안에 갇혀 있고 넌 밖에 있잖아. 우리는 달라."

"준."

준희가 다정하게 준의 이름을 불렀다.

"난 원하지도 않은 학교에 강제로 진학했어. 마음대로 돌아올 수도 없고 그만둘 수도 없어. 원한 적이 없는데 엄마를 잃었어. 원하지도 않았는데 아빠를 기억하지 못해. 살면서 좋지 않았던 순간들은 모두 내가 원한 게 아니야. 너는 그저 네 인생의 가장 좋지 않은 순간을 지나고 있을 뿐인 거야. 누구나처럼."

"무슨 말인지 잘 모르겠어. 그런데 듣기가 좋아."

준희가 나직하게 웃었다.

"아, 아마 네 목소리가……."

"목소리?"

"부드러워서……."

"기다려 줘, 준. 내가 널 구해 줄게."

"다른 어른들이 도와줄까?"

"어른들?"

"경찰이라든가."

"……글쎄."

"왜?"

"그건…… 좋은 생각이 아니야."

"하지만 경찰이라면……."

"안 돼!"

준은 실망하지 않으려고 애썼지만 어쩔 수가 없었다. 준이 훌쩍이자 준희는 옅은 한숨을 쉬었다.

"내 말 잘 들어, 준. 내가 아는 한 혜정 씨는 우리를 아무 이유 없이 도와줬을 유일한 어른이지만, 혜정 씨가 살아 있을 때 어른들은 대부분 그녀를 싫어했어. 반면에 삼촌은 어른들이 무척 좋아하지. 그게 바로 우리가 어른들에게 도움을 청하면 안 되는 이유야."

준이 콧물을 들이마시며 억지로 울음을 참자 준희의 목소리가 한결 부드러워졌다.

"내가 반드시 방법을 찾아볼게. 약속해."

"응."

"이제 가 봐야 해. 지연 씨가 잠에서 깨기라도 하면 골치 아파져."

"지연 씨?"

"너에게 밥을 가져다주는 여자."

준은 여자의 차갑고 쌀쌀맞은 목소리를 떠올렸다. 몸이 절로 떨려 왔다.

"지연 씨는 뭐 하는 사람이야?"

"삼촌의 여자."

"그럼 네 숙모야?"

"아니."

"난 그 여자 무서워."

"너한테 무슨 짓을 하지는 않을 거야."

"그래도……."

"미안, 이제 가 봐야 해. 또 올게."

준희가 구멍을 닫으려는 순간 준이 다급하게 손을 내밀었다. 서두르느라 구멍의 거친 가장자리에 피부가 쓸렸지만 준은 아픈 줄도 몰랐다.

"손잡아 줘!"

준희는 준의 손을 힘주어 잡았다가 금세 놓았다. 준이 아쉬움에 손을 선뜻 거두지 못하고 머뭇거리자 준희는 다시 한 번 준의 손을 잡아 주었다.

"또 올 거지?"

"또 올 거야."

"날 잊어버리면 안 돼."

"절대로 안 잊어."

배식 구멍이 닫혔다. 준은 침대로 기어 올라가 이불 속으로 파고들었다. 얼른 잠이 들어 꿈을 꾸고 싶었다. 준희의 손을 잡고 함께 복도를 달려 나가는 꿈. 만일 그런 일이 실제로 일어난다면 살면서 가장 좋은 순간을 맞이하게 되는 것이리라. 원하지 않았던 나쁜 순간들은 지나가고, 다시는 버려지거나 남겨지는 일 없이 언제까지나 준희와 함께할 것이다. 준은 눈을 감았다.

준희

준희는 무거운 걸음으로 건물을 빠져나왔다. 준을 혼자 남겨 두고 올 때마다 가슴이 옥죄는 것 같았다. 열쇠를 찾아야 한다,라고 준희는 생각했다. 물론 열쇠를 손에 넣은 다음이 더 문제였다. 일 년 전과 같은 실수를 되풀이할 수는 없었다. 순수하던 정윤, 잘 울던 정윤, 잘 웃던 정윤, 아기 같던 정윤, 그런 정윤을 실수로 잃어버렸다. 구해 준다고 약속했는데, 결국 그 약속은 지키지 못했다.

사택은 어둠 속에 똬리를 튼 채 고요했다. 준에게 몰래 다녀올 때마다 혹시라도 지연이 깨어나 기다리고 있진 않을까 마음 한구석이 불안했지만 그런 일은 없었다. 지연은 밤이면 몽마에게 납치당한 순진한 처녀처럼 잠들었고 동이 터 올 무렵 새벽잠이 없는 늙은이와 영혼이 뒤바뀌며 깨어났다. 예전 정윤의 때처럼 뻔히 보이는 곳에 열쇠를 걸어 두진 않았을 테지만, 지연의 성격상 꽁꽁 숨기는 짓도 하지 않았을 터였다. 감금된 아이들을 돌보는 일은 지연도 마지못해 받아들인 것이어서 다른 일들을 할 때와 달리 무심하고 건성이었다. 준희는 사택의 주방과 거실은 물론이고 기회를 틈타 지연의 방까지 뒤져 보았지만 아직 열쇠를 찾지 못했다. 청소를 돕는 척하며 스무 개나 되는 기도원의 방들과 복도, 마당, 운동장까지 찾아보았으나 결국 헛수고였다.

"남은 곳은 하나뿐이야."

준희는 굳게 잠긴 삼촌의 방문을 노려보았다. 삼촌 방의 열쇠는 삼촌이 직접 가지고 다녔다. 지연이 단 몇 시간만이라도 기도원을 비우고 외출한다면, 하고 준희는 머릿속으로 수도 없이 그려 보았다. 삼촌 방의 문손잡이를 망치로 때려 부수고 들어가 열쇠를 찾을 것이다. 건물로 달려가 감금실 문을 열고 준을 꺼내 줄 것이다. 준의 손을 잡고 달려 나가…… 계속해서 달리고 달려서……. 거기에서 준희의 상상은 막혀 버렸다. 준을 데리고 어디로 가야 할지 준희는 아직 결정하지 못했다. 일 년 전 지연이 남양주의 부모에게 다니러 간 사이 준희는 정윤을 구해 함께 동네로 갔지만 이제 그 일은 아무도 기억하지 못하는 헛소리가 되어 버렸다.

"넌 심각한 병을 앓고 있다."

삼촌은 건조하고 메마른 목소리로 준희의 동공을 빤히 들여다
보며 말했었다.

"네 자아를 분리해서 제3의 인물을 만들어 낸 뒤 실제로 존재한
다고 믿고 있지. 정윤이라는 아이는 순전히 네가 상상해 낸 가공인
물에 불과하다."

"헛소리하지 마."

"……마세요."

삼촌은 그 와중에도 준희의 반말을 지적했다.

"정윤이는 귀엽고 작은 애겠지. 순수하고 착하고 사랑스러워서
안타깝고 불쌍했을 것이다. 정윤이는 네가 그 나이였을 무렵 형성
된 네 자아야. 너를 상담했던 의사는 네 안에 여러 개의 방이 있어
서 그 안에 각 나이 대의 자아가 살아 숨 쉬고 있다고 분석하더군.
네가 지금 정윤이를 끄집어낸 것에도 그 나름의 이유가 있다고 했
다."

"삼촌은 사이비야. 엉터리 주술사. 필리핀 시골에도 삼촌 같은
사람이 있었어. 그 주술사가 환부에 손을 갖다 대기만 하면 피가
뚝뚝 떨어지는 종양 덩어리가 쑥 빠져나왔지. 말기 암 환자들은 지
푸라기라도 잡는 심정으로 그 늙은이에게 모여들었고, 신기하게
도 그 주술사를 만나고 나면 의사의 진단보다 오래 살아남았어. 하
지만 그 주술사는 동물의 창자를 종양 덩어리로 둔갑시켜 그럴듯
하게 쇼를 한 것뿐이야. 사기 행각이 밝혀진 뒤에도 한동안 그자의

환자들은 그 사실을 믿지 않았어. 하지만 사람들이 하나둘 죽어 가기 시작하면서 결국 주술사의 기적이 아니라 쇼에 불과했음이 받아들여졌지. 아이들을 감금하고 학대하면서 기도로 치료하고 있다는 삼촌의 헛소리를 사람들이 언제까지 믿어 줄 거 같아?"

"내게 치유의 은사(恩賜)가 있는 것은 사실이다."

삼촌은 담담한 어조로 말을 이었다.

"하지만 지금 기도원에는 너 말고 아무도 없어. 기도원은 문을 닫은 상태야. 이 지역이 전부 개발될 예정이라 기도원도 새로운 장소로 이전할 거라고 이미 몇 번이나 설명했잖아?"

"거짓말! 당신의 기도원에서는 아이들이 죽어 나갔어! 그래서 문을 닫은 거잖아!"

"준희야!"

삼촌이 손을 뻗어 머리를 만지려 하자 준희는 벌레라도 닿은 듯 소스라치며 몸을 피했다.

"손대지 마!"

준희는 주위를 둘러보았다. 레이스와 꽃무늬의 물결 속에 박 목사가 바보 같은 표정으로 앉아 있고 긴장한 기색이 역력한 목사 부인은 거실에 둘러앉은 사람들을 자꾸만 두리번거렸다. 정윤을 데리고 이곳으로 도망친 게 화근이었다. 박 목사에게 사실대로 말하면 도와줄 것이라 믿었는데, 그는 걱정하지 말라며 준희를 안심시켜 놓곤 기도원으로 연락을 취했다.

"정윤이 어디 있어?"

준희가 목사 부인을 노려보며 소리쳤다.

"당신이 씻겨 준다며 데려갔잖아! 정윤이 어디 있어?"

달달 떨리는 손으로 꽃무늬 찻잔을 겨우 들고 있던 목사 부인은 기겁을 하며 잔을 놓쳤다. 둔탁한 소리와 함께 잔이 떨어지며 꽃무늬 카펫 위를 데구루루 굴렀다.

"그, 글쎄 넌 이곳에 혼자서 왔, 왔다고 내가 몇 번이나 이미……."

"이 사기꾼들! 내가 동네 잡화점에서 아이스바를 사 줬어! 정윤이가 맛있다고 웃었어! 뚱보 주인 아줌마가 정윤이를 보고 귀엽다며 히죽거렸다고!"

준희는 급기야 울음을 터뜨렸다.

"정윤이 어디 있어! 그 불쌍한 아이, 대체 어디다 숨겼어! 정윤아! 정윤아!"

준희는 울부짖으며 벌떡 일어나 닥치는 대로 방문을 열어 보았다. 레이스와 꽃무늬 헝겊 외에는 아무것도 없었다.

"저 애는 바보가 아니라 미친 거로군요."

목사 부인의 소곤대는 목소리가 들려왔다.

"그렇게 함부로 말씀하시면 안 됩니다."

삼촌의 딱딱한 목소리도 들렸다.

"저 애는 그저 조금 아픈 겁니다. 앞으로 나아질 거예요."

"조심하셔야겠습니다, 원장님."

박 목사도 자기 부인처럼 작은 소리로 소곤댔다.

"위험해요. 위험합니다."

"걱정하지 마세요. 제가 알아서 할 겁니다. 어쨌든 오늘 일은 감사합니다."

삼촌은 목사 부부의 말을 딱 자르며 자리에서 일어났다. 사이렌 소리가 들려오고 있었다. 현관문이 열리고 오렌지색 옷을 입은 사람들이 들이닥쳤다. 그들은 목사 부인의 소중한 꽃무늬 찻잔들을 마구잡이로 내던지며 악을 쓰고 있는 준희를 붙잡았다. 준희의 기억은 거기서부터 희미했다. 구급차로 실려 가면서 아무리 몸을 움직여 보려 해도 꼼짝할 수가 없었던 것, 병원의 흰색 천장과 눈부신 조명, 역겨운 에탄올 냄새와 함께 깊고 깊은 잠의 나락으로 빠져들었던 것이 기억의 전부였다.

"정윤이를 잊고 얌전히 행동하겠다고 약속하면 병원에서 나오게 해 주마. 아니면……."

몇 주가 지난 뒤 병원으로 찾아온 삼촌이 제안했다.

"아니면?"

"넌 계속 여기 있어야 할 거야."

"나가면 어디로 가게 되지?"

"……됩니까."

"……어디로 가게 됩니까?"

"비교적 자유로운 분위기의 고등학교를 찾았다. 기숙사 시설도 훌륭하고, 교과 과정을 강요하지도 않으니 너한테 잘 맞을 거야."

준희는 쇠창살이 달린 작은 창을 바라보았다.

"정윤이를 계속 찾을 거니?"

"……정윤이라는 애는 이 세상에 없어. 그러니까…… 이제 찾지 않을 거야."

"……없어요, 겁니다."

"정윤이는 이 세상에…… 없어요. 이제 찾지 않을…… 겁니다."

"좋아."

삼촌은 만족스러워하며 미소를 지었다.

준

준은 준희의 음성을 떠올렸다. 음성뿐이 아니었다. 아침에 눈을 뜨면 제일 먼저 하는 일이 준희에 대한 기억을 점검하는 것이었다. 그 애에 관한 것은 하나라도 잊어버리지 않으려고 빈약한 정보를 일일이 검토하면서 기억에 아로새겼다. 목소리로 미루어 봤을 때 준희는 체격이 큰 아이였다. 위로 약간 치켜 올라간 쌍꺼풀이 없는 큰 눈은 고양이 같은 분위기를 풍겼다. 눈동자. 눈동자를 빼놓으면 안 되었다. 검고 크고 또렷한, 광채를 띤 아름다운 눈동자. 준은 누구도 그만큼 맑은 눈동자를 갖지 못했을 것이라 확신했다. 준희의 손은 크고 두툼했다. 긴 손가락과 굵은 뼈대가 두꺼우면서도 보드라운 피부에 감싸여 있고 손바닥에는 굳은살이 박여 있었다.

"만일 준희와 이대로 헤어지게 되더라도 나는 그 애를 찾아낼 수 있을 거야. 준희가 이 세상에 살아 있기만 하면, 나는 무슨 짓을 해서라도 그 애를 찾아낼 거야. 우리가 훨씬 나이를 먹는다 해도, 이 세상의 끝과 끝에서 살아간다고 해도."

준은 분홍색 토끼 인형을 끌어안으며 중얼거렸다.

"준희는 꿈이 아니야. 그 애는 살아 움직이는 진짜 인간이야. 나도 꿈이 아니야. 나도 여기 살아 있는 진짜 인간이야."

준은 침대에 드러누운 채 손가락을 쫙 펴고 하나하나 움직여 보았다. 방 하나, 방 둘, 방 셋, 방 넷, 방 다섯……. 준은 눈을 감고 정신을 집중했다. 준희를 위해서라도 잃어버린 기억을 간절히 되찾고 싶었다.

"내가 준희에게 무언가 도움이 될지도 몰라."

커다란 집. 하얗고 방이 많은 집. 부드러운 목소리를 가진 여자와…… 저마다 다른 목소리와 모습을 한 여러 명의 남자가 번갈아 나타났다가 사라졌다. 준은 그들이 모두 친절했다고 기억했지만 확신할 순 없었다. 가끔씩 분노에 찬 음성과 고함, 울음소리와 비명이 소용돌이치는 흙탕물의 진흙처럼 떠올라 머릿속을 휘저으며 준을 괴롭혔다. 준을 안아 주고 쓰다듬었던 사람들이 갑자기 불안과 두려움과 노여움에 싸여 감정을 폭발시키고 있었다.

"무엇 때문에? 대체 왜?"

준은 몸을 웅크렸다. 기억을 더듬다 보면 결국 모든 게 자신의 잘못처럼 느껴졌다.

'나는 나쁜 아이다. 나를 사랑해 주었던 사람들을 실망시켰고 화나게 했고 그래서 결국 이런 음산하고 더러운 곳에 갇히게 되었다.'

준은 자신이 마땅히 받아야 할 벌을 받고 있을 뿐이어서 그 어떤 구원이나 도움의 손길도 바라면 안 될 것만 같았다. 준희가 자신에게 온 것도 일종의 시험이고, 그 아이의 유혹에 넘어가 이 엄격한 체벌의 시간을 피하려 했다가는 더 이상 용서의 여지 없이 영원한 형벌을 받게 될지도 몰랐다. 만일 여기에 갇힌 채 어른들이 화를 풀고 용서해 줄 때까지 얌전히 벌을 받는 게 가장 좋은 방법이라면?

"나는 정말 용서받고 싶어."

준은 불안한 목소리로 준희에게 말했다.

"용서?"

"여기 갇혀 있는 걸 보면 내가 커다란 잘못을 저지른 게 분명해. 그러니까 지금 내가 벌을 받지 않는다면 나중에는 더 커다란 벌을 받게 될지도 몰라. 그렇게 죽을 때까지 용서받지 못하고 아무에게도 사랑받지 못하고 결국 나도 나를 미워하게 되면 어떻게 하지? 나, 나는 좋은 아이가 돼서 누군가에게 사랑받을 만한 사람이 되고 싶어. 그러니까 지금은 여기 그냥 있으면서 잘못을 뉘우치고 반성하고……."

"네가 무얼 잘못했기에?"

"그, 그건 나도 몰라. 하지만 죄가 있으니까 벌을 받는 거잖아, 그렇지?"

"설령 네가 나쁜 짓을 저질렀다고 해도 여기 가둬 두는 게 옳은 일이 될 수는 없어. 너한테는 할 수 있는 일을 할 권리가 있으니까. 혹시 유다를 아니?"

"유다?"

"그래, 예수의 제자였지만 결국 스승을 팔아넘긴 자. 그는 자신이 할 수 있는 일을 했고 예수도 그 권리를 인정했어. 그가 예수에게 받은 벌은 아무것도 없었어."

"그래서 어떻게 되었어?"

"가책을 이기지 못하고 자살했을 뿐이야. 스스로 벌주고 스스로 멸망했지. 핵심은 이거야. 예수는 그에게 손끝 하나 대지 않았다는 거. 될 대로 된 거지. 유다의 죽음도, 그 스승의 죽음도."

"정말?"

"정말."

"하지만 만약 나 때문에 네가 무슨 피해를 입는다거나, 네게 나쁜 일이라도 생긴다면……."

준은 몸을 부르르 떨었다. 생각만 해도 끔찍했다.

"왜 그런 생각을 하니? 누구나 생각지도 못한 상황에 피해를 입고 예상치 못한 나쁜 일 때문에 상처를 입어. 누군가에게 일부러 피해를 입히려 드는 게 더 어렵다고."

"미안해. 그런데 난 아직도 예전 기억이 나질 않아. 부모님도 집도. 여기서 나간다 해도 갈 곳이 없어. 어떡하지?"

"난 키도 크고 힘도 세. 우린 어떻게든 살아갈 수 있을 거야."

"나랑 계속 함께 있어 줄 거야?"

"당연하지. 네가 기억을 되찾아서 갈 곳이 생기기 전까지 내가 곁에 있어 줄 거야."

"그…… 정윤이라는 아이, 그 아이도 기억을 잃어버렸었니?"

"아니, 잘 모르겠어. 정윤이는 너무 어려서 제대로 된 생각이나 표현을 하지 못했거든. 그래서 그 애에 대해 정확히 알 수 없었어."

"그래도 무사히 돌아간 거잖아?"

"정윤이는…… 그냥 사라졌어."

"사라져?"

준희는 말하기 고통스럽다는 듯 입을 다물었다.

"……준희야?"

"여기 있을 거라고 믿었어. 그래서 지난 일 년 동안 이곳으로 돌아오기 위해 정말 노력했어. 하지만 여기에도, 아니 어디에도 정윤이는 없어. 난 그 애를 잃어버렸어. 다 내 잘못이야."

"죽은 걸까?"

준의 목소리가 떨리고 있었다.

"……글쎄."

"어딘가에 살아는 있을 거야, 그렇지?"

"어차피 내게는 죽은 아이나 마찬가지야. 혜정 씨처럼 정윤이도 내 기억 속에만 있어."

"정윤이도 너를 기억하고 있을 거야."

"그래도 만나진 못해."

"우린 이렇게 만나고 있잖아."

"그래. 그러니까…… 우린 서로를 잃어버리지 않도록 아주 조심해야 해. 난 절대로 널 잃어버리지 않을 거야."

준은 구멍으로 손을 집어넣었다. 곧 준희의 따뜻하고 부드러운 손이 준의 차가운 손을 감싸 쥐었다.

"넌 꿈이 아닌 거지?"

"그럼."

"나도 꿈이 아니야."

"당연하지."

"우리는 계속 함께 있을 수 있을 거야, 그렇지?"

"응. 계속 함께."

배식 구멍이 닫혔다. 준은 가만히 엎드린 채 고양이처럼 가볍게 걸어 나가는 준희의 발소리를 끝까지 들었다. 준은 준희가 자기를 지켜 주듯이 자신도 준희를 지켜 주고 싶었다. 준희를 위해서라면 무엇이든 할 수 있을 것 같았다. 아니, 원래 자신과 준희는 하나였을지도 몰랐다. 자신은 원래 돌아가야 할 곳으로 돌아가고 있을 뿐이고 준희는 불러야 할 사람을 부르고 있을 뿐이었다. 될 대로 된 것이라고 준희가 말했다.

"그러니까 우리는 헤어지지 않을 거야."

준이 작은 소리로 중얼거렸다.

준희

지연은 불 꺼진 방, 준희의 침대에 걸터앉아 있었다.

"어딜 갔다 오니?"

"산책."

"거짓말."

"믿지도 않을 걸 왜 물어?"

"왜 자꾸 거기에 가니?"

"내가 어디엘 갔다고 이래?"

지연은 한숨을 쉬었다.

"거기엔 아무도 없어. 너도 알잖아?"

"있다고 안 했어."

"난 네가 걱정돼."

"난 멀쩡해."

"그래, 원장님과 나도 그렇게 믿었어. 넌 학교에서도 우리 기대보다 훨씬 잘해 나갔고, 그래서 여기 다시 돌아와도 괜찮을 거라고. 그런데 결국 일 년 전과 다를 바가……."

"그냥 산책을 다녀왔을 뿐이야, 답답해서."

"……정말 산책만 하고 온 거야?"

"그렇다니까."

지연은 미간을 찌푸린 채 무언가를 골똘히 생각하고 있었다. 준희의 말을 어디까지 믿어야 하나 고민하는 눈치였다. 준희는 지연의 어깨를 툭 치며 가벼운 어투로 말했다.

"지연 씨! 인상 좀 펴!"

지연은 마지못해 웃음을 지었지만 금세 다시 표정이 굳었다.

"준희야, 넌 좋은 아이야. 정말 좋은 아이. 그래서 난 네가……
평범하고 건강하게, 그냥 네 또래 애들처럼 자라 주었으면 좋겠어."

"지연 씨는 쓸데없는 걱정이 너무 많아."

준희는 유행가 곡조를 붙여 노래하듯 말하며 침대에 벌렁 드러누웠다.

"난 지연 씨 말마따나 좋은 아이고, 건강하게 잘 자라고 있어."

"정말 그런 거지?"

지연은 다짐받기를 원하는 것처럼 또박또박 되물었다.

"그럼."

지연은 조심스레 손을 뻗어 준희의 머리를 쓰다듬었다.

"네 어머니 일은…… 그만 잊어버려. 그녀가 했던 말도, 그녀가 했던 행동들도 다 잊어버려. 그녀는 이미 죽었잖아? 지금 네 곁에 있어 주는 건 네 삼촌이야."

준희는 몸을 돌려 누웠다.

"피곤해. 이제 그만 나가 줘."

긴 한숨 소리와 함께 침대가 들썩이며 지연이 몸을 일으키는 기척이 났다. 방문이 닫히자 준희는 어둠 속에 혼자 남았다. 삼촌과 지연의 입에서 엄마 이야기를 듣는 것은 고통스러웠다. 그들은 한결같이 엄마가 얼마나 비정상적인 사람이었는지 이해시키려고 안간힘을 썼다. 그들은 몰랐다. 아니, 아무도 몰랐다. 엄마가 얼마만큼 자신을 사랑해 주었는지. 준희는 엉뚱한 사람들 때문에 자신의 소중한 기억이 짓밟히는 일에 신물이 났다. 단지 자신을 돌봐 준다는 이유만으로 그들은 자신의 추억과 생각마저 지배하려 들었다.

"다 자업자득이지. 준희가 저렇게 된 건 누님 탓이야. 자기 자식이라고 그렇게 마음대로 하다니…… 그건 학대야!"

삼촌과 지연의 대화를 우연히 엿듣다가 준희는 분노가 치밀었다. 학대? 물론 엄마에게도 실수는 있었고 준희도 상처를 받은 적이 있다. 하지만 엄마에 대한 준희의 사랑은 그보다 훨씬 커서 그

깟 사소한 상처쯤은 아무렇지도 않았다. 게다가 그것은 엄마와 자신, 둘만의 일이라 다른 사람들에게 이해받을 필요도 없었다. 엄마를 부정하는 것은 자신을 부정하는 것과 마찬가지였다.

준희는 쉽게 잠들지 못하고 밤새 뒤척였다. 차라리 정윤이 모두의 말처럼 상상 속 아이면 좋겠다고 얼마나 생각했던가. 문제는 자기 자신일 뿐, 세상은 올바르고 선하기 그지없으며 이 모든 게 누구의 잘못도 아닐 수 있다면.

"내 잘못이라면 나만 고치면 되잖아. 그런데 나만 옳다면? 그럼 어떻게 하지?"

준희는 소리 내어 보이지 않는 누군가를 향해 물어보았다.

엄마는 가족 이야기를 싫어했다. 철이 들 무렵 준희가 '엄마의 엄마와 아빠'는 어떤 사람이었는지, 형제는 있는지를 물어보면 엄마는 항상 곤란한 표정을 짓거나 무뚝뚝한 말투로 "그 사람들에 관해선 별로 말하고 싶지 않아. 그러니 물어보지 마." 하고 대답했다. 준희는 엄마의 표정과 말투에서 한마디로 표현할 수 없는 수만 가지 느낌을 받았다.

준희는 어렸을 때부터 낯선 남자들과 함께하는 생활을 받아들여야 했고 그들과 어렵사리 친밀감을 쌓았다가 허무하게 무너뜨리는 일을 반복해야 했다. 엄마의 남자들은 대개 좋은 사람들이었다고 준희는 기억했다. 모두들 준희에게 다정히 대하려고 노력했으며 함께 놀아 주거나 시간을 보내 주었다. 준희는 그런 생활에 익숙했지만 그들과 엄마의 짧은 사랑이 끝난 뒤 이어지는 이별의 과정만큼은 전혀 익숙해질 수 없었다. 누군가는 용돈을 쥐여 주었고 누군가는 준희를 안아 주었다. 어려운 일이 있을 때 연락하라며 연락처를 남기는 사람도 있었다. 어떤 이는 인사조차 없이 준희 곁을 떠나 버렸다. 그때마다 준희는 마음을 닫고 기억을 정리하느라 애를 먹었다.

"내가 나쁜 아이라 떠나는 거야?"

유달리 가깝게 지냈던 남자에게 준희가 눈물을 글썽이며 물었었다. 그는 아니라고 고개를 저으며 어른들의 문제일 뿐이라고, 하지만 우리 둘 다 너만큼이나 어려서 이렇게 된 것뿐이라고 준희를 달랬다. 준희는 그 말을 이해할 수 없었고 오랜 시간 스스로를 탓하며 괴로워했다. 하지만 준희는 이제 '그녀와 내가 어려서 사랑이 끝났다.'라고 말했던 남자의 말을 이해했다. 오직 철없는 아이들만이 그토록 무책임할 수 있을 것이므로.

다음 날 아침, 준희는 일찌감치 일어나 운동장에서 슛 연습을 했다. 트레이닝복이 땀에 푹 젖을 때까지 골을 던지다가 마침내 지칠 대로 지쳐 바닥에 벌렁 드러누웠다. 이른 시간이라 밤새 식어 있던 쌀쌀한 바람이 준희의 이마를 스치며 열기를 가라앉혔다.

"벌써 목련이 피었네."

엊그제만 해도 조그마한 꽃망울만 달려 있던 운동장 구석의 목련 나무에 크림색 목련꽃들이 피어나고 있었다. 학교로 돌아갈 시간이 다가오고 있다는 뜻이었다. 준희는 다른 걱정은 접어 두고 일단 열쇠를 찾는 일에 집중하기로 했다. 준을 계속 그곳에 내버려 둘 수는 없었다.

"오늘은 삼촌 방문을 부수고라도 들어가서 열쇠를 찾아보자."

바람에 땀이 식자 기분이 선뜻했다. 준희는 벌떡 일어나 옷에 묻은 흙을 대충 털어 냈다. 지연이 사택 앞에 나와 준희에게 손짓을 하고 있었다. 준희도 마주 손을 흔들다가 자동차 소리에 뒤를 돌아보았다. 운동장으로 삼촌의 검은색 그랜저가 천천히 들어오고 있었다.

"키가 많이 컸구나."

차에서 내리며 삼촌이 말을 건넸다. 삼촌은 무척 피곤해 보였다.

"잘 지냈니?"

"……네."

"농구에 열심이라고?"

"네."

"스포츠라, 좋지. 기도도 그만큼 열심히 하고 있겠지?"

"하루에 여섯 번씩 꼬박꼬박."

"학교에서 제대로 가르치는군."

삼촌은 준희의 어깨에 팔을 둘렀다.

"자, 들어가서 아침 먹자. 이른 새벽부터 운전해서 왔더니 출출

하구나."

전에 없이 친근한 삼촌의 몸짓에 준희는 오히려 몸이 굳었다.

"그래, 별일은 없는 거지?"

"네."

"이상한 기억 때문에 괴롭지도 않고?"

"네."

"그런데 왜 박 목사에게 정윤이 얘기를 다시 꺼냈지? 오는 길에 잠깐 들렀다가 들었다."

준희는 걸음을 우뚝 멈췄다. 삼촌이 준희의 어깨를 잡아끌어 계속 걷도록 했다.

"……그냥 놀려 본 거야."

"겁니다."

"그냥 놀려 본…… 겁니다."

"어른에게 버릇없이 굴지 마라."

"네."

준희의 걸음이 느려지자 삼촌이 어깨를 강하게 끌어당겼다. 준희는 어쩔 수 없이 삼촌과 보폭을 맞추어 나란히 걸어야 했다.

"설마 또 갇혀 있는 아이를 보거나 한 건 아니겠지?"

준희의 얼굴이 순식간에 붉어졌다. 다행히 삼촌은 정면을 응시하고 있었다.

"아닙니다."

"만일 네가 이번에도 어떤 아이의 환영을 보았다고 우긴다면 나로서도 더 이상 어쩔 도리가 없다."

"네."

"나는 네가 좋은 아이라는 걸 안다. 그러니까 이대로 잘 자라 주었으면 좋겠어."

"……네."

"아, 이건 쇠고기 뭇국이 끓는 냄새구나. 지연이의 쇠고기 뭇국은 정말 끝내주지."

지연이 사택 앞에 서 있다가 삼촌의 가방을 받아 들었다. 삼촌은 지연의 어깨를 다정하게 두드렸다. 두 사람이 간단한 안부를 주고받는 사이 준희는 땀을 씻으려고 샤워실로 향했다.

준희는 트레이닝복을 벗어 던지고 샤워기를 틀어 머리부터 차가운 물을 뒤집어썼다. 몸에 소름이 돋으며 정신이 맑아졌다. 준희는 삼촌이 차 문을 잠글 때 청동 말 머리가 달린 열쇠고리를 보았다. 거기에 열쇠 꾸러미가 짤랑거리며 걸려 있었다. 삼촌은 열쇠고리를 양복 안주머니에 집어넣었다. 준희의 키는 삼촌과 비슷했다. 어깨가 넓어졌고 근육량은 삼촌보다도 많을 것이다. 삼촌의 말마따나 스포츠는 좋았다. 자신은 이제 그에게 억지로 복종하며 소중한 것을 잃어버렸던 일 년 전의 그 아이가 아니다.

"……쥐를 죽여 내놓았다고?"

준희는 샤워를 끝내고 욕실을 나오다 삼촌 방에서 새어 나오는 소리를 얼핏 들었다. 삼촌 방의 방문이 살짝 열려 있었다.

"자기가 한 짓이 아니라고 발뺌하더군요."

"……저런."

아침 식사를 위해 세 사람이 식탁에 둘러앉은 것도 일 년 만이었다. 삼촌과 지연은 작은 소리로 이야기를 나누었고 준희는 앞에 차려진 음식들을 소리 없이 먹어 치웠다.

"그럼 섬 아이들에게 문제가 생긴 건 맞네요?"

지연이 굴비 살을 발라내며 삼촌에게 소곤거리듯 물었다.

"음, 병원에 가 보아도 뾰족한 방법이 없고, 그렇다고 방치할 수도 없어서 속수무책으로 망연자실해 있더군. 그동안 무척 곤란했던 모양이야."

"그래, 어떻게 하셨어요?"

"부모들의 동의하에 적절한 조치를 취했어."

"그럼 이제 문제는 깨끗이 해결된 건가요?"

"왜? 섬 아이들이 뭘 어쨌는데?"

국에 밥을 말아서 덥석덥석 떠먹던 준희가 불쑥 끼어들었다. 지연과 삼촌이 대화를 멈추고 준희를 보았다.

"그건 네가 알 바 아니야."

지연이 날 선 목소리로 말했다. 준희는 국그릇에 고개를 처박고 숟가락 쥔 손을 더욱 빨리 놀렸다.

"몇 년 전 한 섬에 작은 교회를 세웠다. 거기 아이들에게 문제가 생겼다고 해서 가 보았던 거야."

삼촌이 침착하게 말을 꺼냈다.

"무슨 문제요?"

지연이 곤란해하며 삼촌을 힐끔 보았다.

"귀신이 들렸단다. 세상 사람들은 흔히 미쳤다고들 하지."

준희는 뭐라 대꾸할 말이 딱히 없었다. 식사를 끝낸 삼촌이 수저를 내려놓으며 식탁 위에 놓인 냅킨 한 장을 뽑아 입가를 닦았다.

"나흘 뒤 아침 일찍 학교로 돌아가라."

"하지만 아직 방학이 이 주나……."

삼촌은 식탁 의자를 지익 소리 나게 끌면서 일어났다.

"대화는 이걸로 끝이야."

준희는 평소처럼 지연의 뒷정리를 도운 뒤 방으로 돌아왔다. 침대에 벌렁 드러누워 한동안 생각에 잠겨 있다 책상 서랍 안쪽에 넣어 둔 복사지 두 장을 끄집어냈다. 그중 한 장을 펼쳐 내용을 훑어본 뒤 나머지 한 장은 다시 서랍 속에 집어넣었다. 준희가 손에 쥔 종이에는 인터넷에서 찾아낸 오 년 전의 신문 기사가 인쇄되어 있었다.

기도원에서 치유를 받겠다며 장기 투숙했던 10대 청소년이 기도원 뒷산에서 목을 맨 숨진 채 발견됐다. 12일 경기도 △△경찰서는 지난 11일 오전 11시

55분쯤 △△시 ○○동의 야산에서 A 양(15세)이 나뭇가지에 목을 매고 숨져 있는 것을 기도원 관계자인 J 씨가 발견해 경찰에 신고했다고 밝혔다. 경찰에 따르면 A 양은 10대 초반부터 정신 분열 증세로 서울의 모 정신 병원에서 꾸준히 약물 치료 등을 받았지만 별다른 차도가 없자 부모의 설득에 따라 기도원에 들어가 6개월간 지내던 중이었다.

경찰 조사 결과 A 양은 아침 예배 도중 화장실에 간다며 사라져 나타나지 않았고 이를 이상히 여긴 기도원 관계자 J 씨가 기도원 주변을 뒤지다 발견한 것으로 밝혀졌다. 경찰은 특별한 외상이 없는 점으로 미뤄 스스로 목숨을 끊은 것으로 보고 있지만 "평소 기도원에 있는 것을 몹시 두려워했다."라는 유족의 진술을 토대로 정확한 사망 경위 등을 수사 중이다. 경찰은 기도원에서 가혹 행위나 불법 의료 행위는 없었는지도 함께 수사 중이라고 밝혔다.

"평소 기도원에 있는 것을 몹시 두려워했다!"
준희는 그 문장을 몇 번이나 소리 내어 읽었다.

준

이틀이 지나도록 준희가 오지 않았다. 준은 불안한 마음을 다잡
으려 애썼다. 혹시 준희에게 나쁜 일이 생긴 것은 아닐까 걱정하다
가, 지금 자기에게 일어나고 있는 것보다 더 나쁜 일이 있을 리는
없다고 마음을 다잡았다. 준희가 나처럼 여기 갇혀 있지 않는 한
그 아이는 괜찮은 거야. 여긴 정윤이라는 아이도 없고 나만 있어.
오직 나만.

"혹시 준희가 죽어 버린 거라면?"

붉은 피가 냇물처럼 흐르는 곳에 준희가 홀로 누워 있는 환상
이 준의 머릿속을 장악했고 준은 두려움에 떨었다. 준은 바깥세상
의 어떤 소리라도 들어 보고 싶어 침대 위에 올라가 까치발을 하

고 하루 종일 쇠창살에 매달렸다. 가끔 새들이 지저귀는 소리만 들려올 뿐 기도원은 죽은 자들이 입을 다문 채 누운 무덤처럼 고요하고 평화로웠다. 아침과 저녁 배식도 말 없는 침묵 속에서 이루어졌다. 식판이 들어오면 준이 빈 식판을 내주고, 배식 구멍이 닫힌 뒤 저벅저벅 발소리가 멀어졌다. 마침내 철컹하고 철문이 닫히는 소리가 들려올 때면 준은 지구 상에 홀로 남겨진 마지막 인류처럼 외로웠다.

준희를 보지 못한 채 이틀이 지나가고 사흘째가 되던 날, 준의 불안감은 극에 달했다. 준은 거의 잠자지 못했으며 고양이 먹이 같은 볼품없는 식사도 입에 대지 않았다. 준희가 무사하다는 것만 확인할 수 있다면 여기서 평생 갇혀 살아도 상관없을 것 같았다. 준은 몇 시간 동안 작은 방을 빙글빙글 돌다가 더 이상 견딜 수 없어 문 앞으로 달려갔다.

"준희야! 준희야! 준희야!"

준은 주먹을 쥐고 문을 두드리며 준희를 소리쳐 불렀다. 목이 따끔거리고 손이 아파 왔지만 멈추지 않았다. 준희가 와 줄 때까지 문을 두드리고 소리를 지를 작정이었다. 대답 없는 공허한 외침은 해가 기울도록 이어졌다. 준의 손에서 피가 배어 나오고 목에서도 비릿한 피 맛이 느껴졌다. 준은 절망감에 흐느껴 울기 시작했다. 어쩌면 그 무서운 여자도, 기도원 원장이라는 준희의 삼촌마저도 이미 죽어서 없어진 꿈속의 사람들인지도 몰랐다.

"제발 아무라도 와 줘요! 제발! 누구라도 괜찮아. 제발 부탁이에
요."

준은 울부짖으며 문 앞에 쓰러졌다. 손끝이 얼음장처럼 차갑고
귀가 먹먹해지면서 식은땀이 흘렀다. 숨을 쉴 수 없어 답답했다.
준은 가슴을 쥐어뜯었다. *넌 여기 갇혀 있어야 해.* 울부짖는 준을
밀어 내며 누군가 말했다. *넌 나쁜 아이야. 넌 위험하다고. 바깥으
로 나오고 싶다면 열심히 기도하고 회개해라.* 준은 몸을 덜덜 떨었
다. 분명하고 확실한 기억이었다. 가래 끓는 듯한 그 목소리를 어
디에선가 들어 본 적이 있었다. 대체 누구지?

"준희야, 도와줘! 제발, 준희야!"

준은 할 수만 있다면 이대로 연기처럼 사라지고 싶었다. 하지만
절망과 고통을 없애지 못하는 것처럼 자신의 존재 역시 마음대로
사라지게 할 수 없었다.

준은 정신이 몽롱한 가운데서도 문이 열리고 누군가 자신을 들
어 올려 침대로 옮기는 것을 어렴풋이 느낄 수 있었다. 정신을 잃
기 전 손톱을 세워 몸 여기저기에 상처를 내다가 속에 있던 것을
게워 냈던 것도 떠올랐다. 따뜻하고 부드러운 손이 준의 이마를 짚
어 보고 있었다.

'준희?'

준은 쇳덩이처럼 무거운 눈을 간신히 떠 보았지만 시야가 흐릿

해 아무것도 보이지 않았다.

"넌 여전히 스스로를 제어하지 못하는구나."

감정이 느껴지지 않는 건조하고 메마른 목소리였다. 언젠가 들어 본 것이 분명한, 아니 친숙함마저 느껴지는 목소리여서 준은 저도 모르게 손을 내밀었다. 준의 손에는 붕대가 감겨 있었다.

"우리는 네가 여기에서 어떤 감정도 느낄 수 없게끔 만들고 싶었다. 너에겐 잔인한 일일지도 모르지만 너를 없앨 수 없는 한 그 수밖에는 없으니까. 그런데 준희의 존재가 그것을 방해하고 있어. 준희가 절대로 너를 만나서는 안 됐는데."

"누, 누구세요?"

준이 쉰 목소리로 물었다.

"준희를 만나게 해 주세요, 제발요. 평생 여기 있으라면 있을게요. 준희만 있으면 돼요."

"준희는 좋은 아이다. 하지만 너와 함께 있는 건 그 아이에게 너무 위험한 일이야. 난 될 수 있는 대로 준희를 너와 멀리 떨어뜨려 놓을 거야. 그건 너를 위한 일이기도 해."

준의 눈에서 눈물이 떨어졌다.

"나도 좋은 아이가 될게요."

"……넌 절대 그럴 수 없어."

남자는 단정적으로 말했다. 준은 일어나고 싶었지만 몸이 점점 무거워지며 정신이 혼미해졌다. 그녀는 잠시 꿈의 경계에서 머뭇거리다가 결국은 깊고 깊은 잠의 나락으로 빠져들었다.

준이 잠에서 깨어났을 때 작은 방은 밝은 햇살로 꽉 차 있었다. 누렇게 찌든 벽지조차 화사해 보이게 하는 마법 같은 봄빛이었지만 준의 기분은 조금도 나아지지 않았다. 시트와 이불은 그사이 새것으로 바뀌었고 준의 몸에는 가볍고 편한 실내복이 입혀져 있다. 방도 누군가 말끔히 치운 것 같았다. 준은 힘이 실리지 않는 다리를 질질 끌면서 방 구석구석을 살펴보았다. 세면대 옆의 작은 수납함 안에는 생소한 새 비누와 치약과 칫솔이 가득했다. 수건과 속옷도 새것으로 바뀌어 장에 들어 있었다. 준은 침대에 걸터앉았다. 그 모든 것이 말하는 바는 분명했다. 자신은 계속 여기 있을 것이고 변하는 건 없을 터였다. 준희. 준희는 자기와 멀리 떨어진 곳으로 가게 될 것이라고 했다. 아니, 어쩌면 이미 세상 끝 어딘가로 보내졌을지 모른다. 준은 작은 창으로 시선을 돌렸다. 손에는 여전히 붕대가 칭칭 감겨 있었다. 준은 천천히 붕대를 풀었다. 한동안은 계속 괴로울 만한 깊은 상처들이 손 여기저기에 나 있었다. 준은 이제 막 앉은 딱지들을 잡아 뜯었다.

저녁 배식 시간이 되도록 준은 침대에 누워 있었다. 구멍이 열리고 식판 소리가 들렸지만 준은 상관하지 않았다.

"밥 먹어야지, 준."

준희의 목소리였다. 하지만 준은 환청이라 생각해 움직이지 않왔다.

"준!"

준은 그제야 깜짝 놀라 몸을 일으켰다. 심장이 미친 듯 뛰었다.

"준희?"

"그래. 나야, 준."

"어, 어떻게?"

준은 침대에서 뛰어내려 단숨에 문 앞으로 갔다.

"며칠 동안 힘들었지?"

"어떻게, 어떻게……."

준은 떨리는 손을 구멍 밖으로 내밀다가 상처가 쓸리는 바람에 비명을 질렀다. 준은 손을 다시 거두어야 했다.

"어딜 다친 거니?"

"손을……. 내 잘못이야."

"네 잘못은 하나도 없어."

"널 멀리 보낸다고 했어."

"학교로 돌아가야 해."

"어, 언제?"

"내일 아침 일찍."

"그럼 우리 이제 못 만나?"

"내일 새벽에 널 데리러 올게."

"진짜?"

"진짜. 그러니까 밥 먹고 옷도 두둑이 껴입고 기다리고 있어. 절대 잠들지 말고. 나 믿지?"

"믿어."

"기다릴 거지?"

"기다릴게."

"준."

"응?"

"만에 하나 일이 잘못된다 해도, 살아남는 거야. 무슨 일이 있어도. 그래서 또 내게 손을 내밀어 줘."

"그럴게."

"약속하지?"

"약속해."

"넌 꼭 살아 있어야 해."

준은 목이 메어 왔다.

"살아 있을게."

"이따 봐."

구멍이 닫히고 준희의 발소리가 멀어져 갔다. 준은 피가 나는 손을 움켜쥐었다.

준희

삼촌은 기도원에 머물 때면 사택 대신 본관에 있는 원장실 겸 서재에서 주로 지냈다. 준희는 청소를 핑계로 이미 그곳을 이 잡듯 샅샅이 뒤져 보았다. 엄청난 비밀을 캐낼 수 있으리라 기대한 것과 달리 준과 정윤에 대한 기록이나 삼촌이 하는 일에 대한 어떤 정보도 얻을 수 없었다. 원장실은 삼촌처럼 무미건조했으며 반듯하게 정리되어 있었다. 결심한 대로 반드시 삼촌의 방에 들어가 봐야 했다.

삼촌이 아침 식사를 끝내고 본관의 원장실로 향하는 것을 확인한 뒤 준희는 방으로 돌아가 트렁크에 짐을 챙겼다. 기도원 쪽으로 흙먼지가 몰려들고 있었다. 준희는 창밖에 이는 더러운 바람을 한

동안 바라보았다. 지연은 지금 설거지 중이었고 오늘도 종일 흙먼지를 닦아 내느라 쉴 틈이 없을 것이었다. 학교로 돌아갈 날이 사흘밖에 남지 않았지만 기회가 좀처럼 오지 않았다. 삼촌은 밤에 네 시간밖에 자지 않았다. 게다가 잠귀가 밝은 편이라 바스락 소리에도 잠이 깬다고 지연이 말했었다. 시간이 없었다.

준희는 그다음 이틀 동안 삼촌이 원하는 대로 행동했다. 오전에는 아침 일찍 일어나 운동하고 식사를 한 뒤 방에서 정해진 양의 공부를 했다. 오후부터 지연의 일을 돕고 저녁에는 삼촌과 함께 기도드렸다. 밤이 되면 준희는 침대에 누워 바람이 울부짖는 소리를 들었다. 내일 아침엔 흙무더기 모양이 조금 달라져 있을 테지만 아무도 신경 쓰지 않을 터였다.

어느덧 삼촌이 돌아온 지 사흘째가 되던 날이었다. 다음 날이면 준희는 학교로 돌아가야 했다. 준희는 평소처럼 일어나 주방에 들러 지연에게 아침 인사를 한 뒤 운동장으로 나갔다. 골대에 슛을 몇 번 날리다가 갑자기 공을 내던지고 전속력으로 사택을 향해 뛰기 시작했다. 삼촌의 아침 기도 시간이 끝나기까지 아직 이십여 분이 남아 있었고 지연은 국을 끓이는 중이라 불 곁을 떠날 수 없었다. 지금 이 순간을 놓치면 다시 기회가 없을 듯했다. 사택 가까이에 가자 육수 끓는 구수한 냄새가 났다. 준희는 현관문 앞에 멈춰 서서 심호흡을 한 뒤 신중하게 문을 열었다. 어제 오후 준희는 지연의 청소를 도우면서 사택 문 경첩에 기름칠을 해 두었다. 현관문은 소리 없이 열렸다.

삼촌의 방은 주방을 지나 지연의 방 옆에 있었다. 지연이 파를 써는 동안 준희는 발끝을 세우고 조심스레 걸음을 옮겼다. 준희는 지연에게서 시선을 떼지 않고 거실을 가로질렀다. 지연이 멈칫하더니 조리대 뒤쪽에 있는 냉장고로 몸을 돌렸다. 소파 뒤를 지나던 준희는 얼른 다리를 쪼그리고 앉았다. 지연은 준희를 보지 못하고 냉장고에서 마늘통을 꺼내 조리대로 갔다. 지연이 싱크대에 설치된 라디오를 켜자 지메르만이 연주하는 쇼팽의 발라드 1번이 흘러나왔다. 준희는 다시 벌떡 몸을 세우고 삼촌의 방을 향해 잰걸음을 놓았다. 라디오에서 흘러나온 쇼팽의 피아노곡이 사택 구석구석에 퍼졌다.

삼촌의 방은 준희 방처럼 침대와 옷장, 그리고 책상이 전부였다. 준희는 먼저 옷장을 열었다. 삼촌의 양복들이 걸려 있었는데 준희 눈에는 다 똑같아 보여서 사흘 전에 입었던 게 무엇인지 가려내기 어려웠다. 준희는 닥치는 대로 양복 주머니에 손을 넣어 보았다. 피아노 선율이 빨라지면서 시간도 빠르게 흐르는 듯했다. 마음은 급한데 긴장한 탓에 손이 더디 움직였다. 되는대로 뒤져서인지 열쇠고리를 찾을 수 없었다. 준희는 마른침을 삼킨 뒤 다시 순서대로 양복 주머니를 하나하나 확인했다. 하지만 끝내 준희가 애타게 찾는 묵직한 금속 물질은 손에 잡히지 않았다. 쇼팽의 피아노곡은 어느새 끝나 있었다. 준희는 옷장을 닫았다.

책상 위에는 책 두어 권과 펜 몇 자루만 놓여 있었다. 책상 우측에 달린 3단 서랍이 준희의 눈에 띄었다. 가장 위쪽을 잡아당겨 보았지만 잠겨 있었다. 삼촌의 기도 시간이 다해 가고 있었다. 준희는 있는 힘껏 서랍을 잡아 뺐다. 뻐걱 소리와 함께 열쇠 구멍 근처의 나무가 바스러지며 서랍이 열렸다. 서랍 안에 청동 말 머리가 달린 열쇠고리가 서류 봉투와 함께 놓여 있었다. 준희는 열쇠고리를 집어 들고 대여섯 개 되는 열쇠들을 만지작거렸다. 그중 어느 것이 준의 방 열쇠인지 알 수 없었다. 준희는 잠시 망설이다가 열쇠고리를 통째로 호주머니에 집어넣었다.

준희가 다시 거실에 들어서는 동시에 삼촌이 현관문을 열고 들어왔다. 라디오에서는 모차르트의 클라리넷 협주곡이 흘러나오고 있었다.

"오늘은 운동을 좀 일찍 끝냈구나."

삼촌이 평소와 다름없는 말투로 말을 건넸다.

"……네."

"씻었니?"

"막 씻으려고요."

"저런, 손이 왜 그 모양이냐?"

삼촌은 준희의 양손에 감긴 붕대를 보며 물었다. 준희는 두 손을 등 뒤로 돌렸다.

"전지 작업을 돕다 다쳤어요."

"조심했어야지. 씻고 아침 먹자."

삼촌이 주방으로 들어갔다. 준희는 방으로 가 열쇠 꾸러미를 침대 매트리스 밑에 숨겼다. 삼촌은 여간해선 방에 들어가지 않았다. 밤에 잠자러 들어가는 것이 고작이었는데 더욱이 오늘은 수요일이었다. 삼촌이 지연의 방에서 자는 날이니 운이 좋다면 무사히 준을 구할 수 있을 것이다.

삼촌은 준희의 바람대로 하루 종일 방에 들어가지 않았다. 그동안 밀린 일들을 처리하느라 바빠서인지 식사 시간에만 잠시 사택으로 건너왔다. 점심을 먹은 뒤 지연은 새 비누와 치약과 칫솔을 사 오라며 동네 잡화점으로 준희를 심부름 보냈다. 준희는 동네까지 걸어가 뚱보 여주인에게 물건을 산 뒤 바로 기도원으로 돌아왔다. 저녁이 될 때까지 준희는 지연의 일을 돕느라 몹시 바빴다. 전구를 모두 갈고 대걸레로 본관 바닥 곳곳을 닦았다. 지연이 원장실은 그냥 두라고 해서 삼촌과 마주칠 일은 없었다. 미뤄 두었던 기도실 커튼을 뜯어 빠는 일도 지연과 함께 했다. 자신이 학교로 떠나고 나면 지연 혼자서 해야 하는 일이라 준희는 최대한 돕고 싶었다.

"지연 씨."

한창 저녁 식사를 준비하고 있던 지연이 준희 쪽을 돌아보았다.

"뭐 해?"

"너 내일 돌아가니까 갈비찜 해 주려고. 지금 핏물 빼고 있었어.”

“마지막 저녁인데 고양이 밥, 내가 주면 안 될까?”

“준희야!”

“작별 인사 정도는 해도 되잖아. 나도 나름대로 정들었는데.”

지연은 미심쩍어하는 눈초리로 준희를 훑어보았다.

“고양이가 언제 올지 알고?”

“기다리면 되지.”

“원장님이 싫어하실 텐데…….”

“지연 씨만 말 안 하면 삼촌은 모를 거야.”

지연은 볼에 가득 담긴 붉은 핏물을 개수대로 흘려보냈다. 그녀
는 주방 창으로 본관을 흘긋 건너다보았다. 그러고는 앞치마에 손
을 닦은 뒤 준희의 손을 잡았다.

“인사만 하고 와.”

지연의 눈은 쌍꺼풀이 없고 작았지만, 옅은 커피색 동공 위에
속이 비칠 것처럼 투명한 느낌의 갈색 속눈썹이 드리워져 있었다.
그 눈 덕분에 그녀의 평범한 인상 가운데 간혹 특별한 무언가가
깃들곤 했다. 준희는 지연과 말 없는 합의를 보았다고 생각했다.

준희는 짐을 최소한으로 꾸린 백팩을 둘러멨다. 가방 안에는 여
권과 옷 몇 가지만 들어 있었다. 동이 트기 직전의 새벽은 고요하
고 어둡기 그지없었다. 아직 버스 다닐 시간이 되지 않아서 준희는

일단 시내로 곧장 걸어 나갈 작정이었다. 오랫동안 굶주리며 갇혀 지낸 준이 걱정이었지만 일 년 전처럼 동네에 들렀다간 허무하게 끝이 나 버릴 터였다.

준희는 아무 소리도 내지 않으려고 최대한 노력했다. 거실 마루가 삐걱대는 것은 어쩔 수 없었으나 지연의 방에선 기척이 없었다. 현관문을 조심스레 닫고 밖으로 나오자 흙먼지 바람이 준희에게 감겨들었다. 준이 갇혀 있는 폐건물 뒤편의 검은 숲에서 고양이 울음소리가 들려왔다. 꼭 아기가 우는 것 같아서 달 없는 밤이면 소름이 돋는 소리였다. 준희는 덥수룩하게 자란 앞 머리카락을 초조하게 쓸어 올렸다. 주머니 속에서 짤랑대는 금속 꾸러미에 준을 구할 열쇠가 반드시 있어야 했다. 숲에서는 고양이 울음뿐 아니라 온갖 소리가 들려왔다. 부엉이가 울고 풀들이 흐느끼고 있었다. 뿌연 밤하늘 때문에 탁해진 별빛이 준희의 머리 위를 떠돌았다.

폐건물의 철문에서는 녹 냄새가 진동했다. 어둡고 괴괴한 건물 복도에 들어서자 곰팡내가 코를 찔렀다. 준희는 손전등을 꺼낼까 하다 생각을 바꾸었다. 은밀하게 움직여야 할 때는 작은 불빛이라도 위험했다. 기억을 더듬어 앞이 보이지 않는 복도를 천천히 걸어 나갔다. 준의 방은 맨 끝이었고 거기까지 가려면 총 예순여덟 걸음이 필요했다. 준희는 속으로 걸음 수를 세었다. 예순하나, 예순둘, 예순셋, 예순넷, 예순다섯, 예순여섯, 예순일곱…….

"이 시간에 여기에서 보다니, 우연은 아니겠지?"

갑자기 나타난 불빛 때문에 준희는 반사적으로 손을 올리며 눈을 감았다. 삼촌이 손전등을 들고 준의 방문 앞에 서 있었다.

"대체 지금 뭐 하는 거냐?"

준희는 천천히 손을 내렸다.

"너야말로 여기서 뭐 하는 거야?"

"몹시 버릇없는 말투구나."

"난 반드시 준을 구할 거야. 만일 방해한다면 이번에야말로 무슨 수를 써서라도 네가 한 짓을 세상에 알리고 말겠어."

삼촌은 쿡 하고 웃음을 터뜨렸다.

"아이고, 이거야 원. 산 넘어 산이군."

삼촌이 옆으로 약간 비켜섰다.

"자, 이 방 열쇠는 네가 가지고 있을 테지? 그렇다면 준이라는 아이와 함께 얘기하면 어떨까?"

"준! 나야!"

준희는 문 앞으로 가 준을 소리쳐 불렀다. 준희가 열쇠를 꺼내 구멍에 맞춰 보는 동안 삼촌은 친절하게 손전등을 비춰 주었다. 세 번째 열쇠가 구멍에 맞아 들며 철컥하고 잠금 쇠가 풀렸다. 준희는 문을 열고 안으로 뛰어들었다. 발에 뭔가가 걸렸지만 컴컴해서 아무것도 보이지 않았다. 삼촌이 뒤따라 들어와 전기 스위치를 올렸다. 형광등이 몇 번 깜빡거리다 방 안을 훤히 밝혔다. 준희가 밟고 선 것은 과자와 사탕 봉지들이었다. 자신이 들여놓은 과자며 사탕

들이 포장도 뜯기지 않은 채 어지러이 흩어져 있었다.

"준!"

준희는 텅 빈 방을 둘러보며 외쳤다.

"준!"

누렇게 색이 바랜 벽지와 작은 창, 그리고 이불도 없이 매트리스만 덩그러니 놓여 있는 싱글 침대…… 어디에도 준의 흔적은 보이지 않았다.

"여기 있던 아이 어떻게 했어?"

준희가 비명을 지르듯 소리쳐 물었다. 말없이 팔짱을 끼고 있던 삼촌은 어깨를 들썩했다.

"널 어떻게 해야 하나 생각 중이다. 평생 병원에 갇혀서 약에 젖어 살기 싫다면 지금부터 내가 하는 말을 새겨들어야 할 거다."

"어떻게 했냐고!"

"준이라는 아이는 없어. 원래부터 없었다."

"아니야!"

"모든 게 네 망상이자 꿈이다."

"아니라고!"

"내 조카가 정상이 아니라는 걸 인정하는 게 이렇게 힘들 줄은 몰랐는데."

"난 미치지 않았어!"

"그렇다면 얌전히 삼촌의 말을 들어야지."

준희의 눈앞이 뿌옇게 흐려졌다.

"저런, 어린애처럼 우는 거냐?"

준희는 입술을 꽉 깨물며 억지로 흐느낌을 삼켰다.

"널 여기로 부른 게 실수였다. 우린 가족이니까 괜찮을 거라 여겼지."

"날 네 마음대로 할 수는 없을 거야."

"난 네 법적인 보호자야. 안됐지만 너에 대한 권리는 내게 있다."

"날…… 어쩔 셈인데?"

"난 네게 한 번 더 기회를 주고 싶다. 물론 네가 내게 순종한다는 전제하에서."

"순종?"

"절대적으로."

"절대적으로, 순종……."

준희는 한 걸음 뒤로 물러섰다. 눈물이 볼을 타고 흘러내렸고 머리가 깨질 듯 아파 왔다. 준희는 시야 속에서 점차 흐릿해지는 발밑의 과자들을 멍하니 바라보다 입술을 깨물었다.

3장

갈색의 단단하고 질긴
가죽 혁대

준

기억이 곧 삶이라면 준의 삶은 준희로부터 시작된 것이나 다름 없었다. 준은 삶을 부여잡듯 기억을 부여잡았다. 하지만 기도원의 작은 방에 언제 어떻게 들어갔는지 기억나지 않는 것처럼 그 방에서 언제 어떻게 나왔는지도 기억나지 않았다. 절대 잠들지 말라는 준희의 당부에도 불구하고 준은 저녁밥을 먹자마자 곯아떨어졌다.

준이 잠에서 깨어난 것은 대낮이었다. 비구름을 뚫고 들어온 햇살 한 줌이 그녀의 눈썹에 내려앉아 눈이 시었다. 준은 머리가 아프고 나른한 와중에도 자신이 있는 곳이 기도원의 작은 방이 아님을 금세 깨달았다. 눈앞의 책상 위로 보이는 커다란 창이 거친 바람에 덜컹거렸다. 방에서는 남성용 화장수 냄새가 났다. 밖에서 들려오는 비바람 소리와 대조적으로 준의 주위에는 정적이 흘렀다. 준은 천천히 몸을 일으켰다. 옷장과 침대, 책상이 전부인 단조로운 방이었다. 그럼에도 준이 이제껏 갇혀 있던 방과는 다르게 사람의 생기가 느껴졌다. 벽지는 깨끗했으며 단출한 가구에도 희미한 온기가 묻어 있었다.

준희. 준의 머릿속에서 제일 먼저 떠오른 단어였다. 준은 침대에서 빠져나오려고 바닥에 발을 디뎠지만 침대로 다시 쓰러졌다. 몸에 전혀 힘이 들어가지 않았다.

"어지러워."

준이 소리 내어 말했다. 목소리가 물속에 잠긴 것 같았다. 기억. 분명히 준희가 어제저녁에 다녀갔었다. 아니, 그게 정말 어제의 일이던가? 준희의 목소리와 그 목소리에 실려 오던 다정한 발음들을 떠올려 보았다. 준희가 믿으라고, 기다리라고 했다. 반드시 데리러 와 주겠다고 했다. 그것은 꿈도 아니고 망상도 아니었다. 아니, 현실이란 어차피 그토록 또렷한 기억을 만들어 내는 망상의 다른 이름일지도 몰랐다. 그런데 준희를 만난 게 언제인지조차 알 수 없다니! 준은 초조해지면 손톱을 물어뜯는 버릇이 있었다. 자기도 모르게 손을 들어 올리다가 전에 피딱지를 억지로 뜯어냈던 것이 기억났다. 손에는 깨끗한 붕대가 감겨 있었다. 붕대를 풀어 상처를 확인하고 싶었지만 손끝에 힘이 들어가지 않았다.

조용히 문이 열리자 준의 가슴이 철렁 내려앉았다.

"어머! 일어나 있었네?"

여자의 목소리는 준에게도 익숙했다. 지연 씨. 준희가 분명 그렇게 불렀다.

"하여간에 골칫덩어리구나. 이럴 것 같아서 원장님이 널 맡는다고 했을 때 그렇게 말렸건만."

"……준희는요?"

지연은 눈살을 찌푸리며 인상을 썼다.

"여기 없어."

"그럼 어디, 어디에 있어요?"

준의 목소리가 떨렸다.

"그야 이제 학교로 돌아가야지. 그게 그 아이의 세계니까."

"준희를 만나게 해 주세요."

"기운이 없고 머리도 아프지? 얌전히 있어. 흥분하면 몸에 안 좋아."

"제발 부탁드려요!"

"준희에게 이미 너는 이 세상에 없는 아이야."

"그럴 리가 없어요."

지연이 다가와 준의 양팔을 거칠게 붙들었다.

"준희는 잊어. 생각하지도 말라고!"

"싫어!"

지연이 손바닥으로 준의 뺨을 때렸다. 준은 화끈거리는 뺨을 감싸 쥐었다.

"경고하는데 울고 짜고 할 생각은 하지도 마. 그럼 또다시 그 방에 가둬 놓을 테니까."

"용서하세요. 절대 안 울게요."

준이 잔뜩 겁먹은 소리로 빌었다.

"제발 그 방으로 다시 보내지는 마세요, 네?"

"그 방으로 돌아가는 게 싫다면 얌전히 굴어야 할 거야. 원장님은 시험당하는 걸 싫어하시거든."

"얌전히 굴 거예요. 정말이에요."

지연은 짤막한 한숨을 토했다. 그러고는 침대 발치에 걸터앉았다.

"이럴 때 보면 정말 멀쩡한 애 같구나."

지연의 말투가 조금 부드러워졌을 뿐인데도 준은 마음이 놓이며 소리 내어 웃고 싶어졌다.

"너…… 대체 무슨 짓을 한 거니? 왜 그랬어?"

"뭐, 뭐가요?"

"왜 준희를 불렀냐고."

준은 영문을 몰라 지연의 얼굴만 멍하니 바라보았다.

"네가 준희만 부르지 않았다면 너는 너대로, 준희는 준희대로 잘 살아갔을 텐데."

"저기, 난 준희를 부르지 않았어요. 준희가 찾아온 건데……."

"아니! 네가 부른 거야."

지연은 단호하게 말하며 벌떡 일어섰다.

"준희같이 착한 아이가 먼저 널 찾아갈 리 없잖아. 네가 뭐라 해도 원장님과 난 준희를 믿어."

준의 눈에서 눈물이 떨어졌다.

"나, 나도 준희처럼 착해요."

지연은 코웃음을 쳤다.

"넌 네가 한 짓에 대해 전혀 자각이 없구나. 사실을 말해 줄까? 넌 아주 위험하고 나쁜 아이야. 만일 네가 준희만 만나지 않았더라면 그 방에서 나올 일은 평생 없었을 거야. 영원히 갇혀 지내야 했다고!"

준은 흐느껴 울었다. 순수한 증오가 있다면 저런 것일 터였다.

"울음은 빨리 그치는 게 좋을 거야. 우리 눈엔 가증스러워 보일 뿐이니까."

지연은 차갑게 말을 내뱉은 후 방을 나갔다. 문밖에서 자물쇠를 채우는 소리가 들렸다.

준은 침대에 엎드려 조용히 흐느꼈다. 행여 울음소리가 새어 나갈까 무서워하면서, 어쩌면 자신은 태어나지 말았어야 하는 존재인가 불안해하면서, 그리고 살아 있어야 한다는 준희의 말이 얼마나 어려운 당부였는지 깨달으면서.

빗줄기가 세차게 창밖을 두드리고 있었다. 흙먼지 가라앉은 벌판에 준희가 자신을 만나러 달려오는 모습을 그려 보다가 준은 희미하게 미소 지었다. 눈꺼풀이 무거워 자꾸만 눈이 감기고 정신은 또다시 흐려지고 있었지만 준은 그 순간 행복했다.

"잘 잤니?"

준은 눈을 뜨기도 전에 그의 존재를 감지했다. 그에게서는 이 방과 똑같은 냄새가 풍겼고 목소리엔 어떤 감정도 담겨 있지 않았다. 그의 목소리는 막연한 기대도 끝없는 좌절도 불러일으킬 수 있었다. 듣는 사람의 마음에 달린 일이었지만 지난번처럼 준에게는 좌절감이 먼저 찾아왔다.

"기분은 좀 어때?"

준은 눈을 뜨고 소리가 나는 쪽을 향해 고개를 돌렸다.

"준희의 삼촌……."

"그래, 난 그 아이의 가족이지."

"앞으로 날 어쩔 거예요?"

준이 기어들어 가는 목소리로 물었다.

"글쎄다."

그가 길고 마른 손가락으로 무릎을 톡톡 쳤다.

"우리의 목적은 널 없애는 게 아니야. 세상에 이미 존재한 것들은 절대 사라지지 않고 그럴 수도 없다. 어떻게든 흔적을 남기고 맥을 이어 가기 마련이지. 왜 그런지 아니? 우리는 모두 그 자체로 존재하는 게 아니라 '유형'으로 존재하기 때문이야. 인간이 소속되어 있는 곳은 사회가 아니라 바로 유형이다. 유형이 없다면 존재를 정의할 수 없다. 네가 없어져도 네가 속했던 유형은 존재하지. 그러니 널 없앨 순 없어. 최대한 감추고, 어떤 활동도 하지 못하게 속박하는 정도가 우리가 할 수 있는 최선이야."

"대체 왜……."

준은 말을 하다 말고 입을 꾹 다물었다. 더 말하다간 또 눈물이 쏟아질 것 같았다.

"준희가 널 만나지 못하게 하는 것도 중요한 일 중 하나다. 전에는 몰랐는데, 이번에 똑같은 일이 반복되는 것을 보니 이 기도원이 준희에게는 일종의 자극제가 되는 것 같더구나. 그래서 널 다른 곳으로 이동시키는 게 좋겠다는 결론을 내렸다."

준은 몸을 일으켜 앉았다. 여전히 머리가 어지럽고 나른했으며 안개라도 낀 것처럼 시야가 흐렸다.

"어디로? 대체 어디로요?"

"그건 아직 결정하지 못했어. 준희가 절대 찾아내지 못하고, 네가 절대 빠져나오지 못할 곳이 어디일까, 응?"

준은 삼촌의 눈을 응시했다. 그 역시 시선을 피하지 않고 준의 눈을 보았다.

새로운 방에서 지낸 며칠은 이전보다 훨씬 나았다. 여전히 밖에 자물쇠가 걸려 있기는 했지만 갇혀 있다는 느낌도 덜했다. 식사는 준이 어리둥절할 정도로 잘 나왔다. 매끼 고기반찬이 빠지지 않았고 후식으로 제철 과일까지 먹을 수 있었다.

"왜 이렇게 조금 먹었니?"

준이 대부분의 찬을 남기고 밥도 절반 이상 남기자 지연은 걱정스러운 표정까지 지었다.

"어…… 더 먹을 수가 없어요. 배가 불러서……."

"더 먹어."

"배불러요."

지연은 숟가락을 집어 준의 손에 억지로 쥐여 주었다.

"성장기잖아. 먹어."

그동안 제한된 식사로 준의 위는 작아질 대로 작아져 있었다. 더이상 먹는 건 무리였지만 준은 억지로 밥을 몇 숟가락 떠 입에 넣었다.

"자, 고기도 먹어."

지연이 불고기 접시를 준의 앞으로 당겨 놓았다.

"……저한테 왜 이렇게 잘해 주세요?"

지연은 준을 물끄러미 바라보았다.

"너한테 잘하는 게 아니야."

"그럼요?"

지연은 갑자기 준의 무릎 앞에 놓인 소반을 번쩍 집어 들었다.

"먹기 싫으면 관둬!"

철컥하고 문을 잠그는 소리가 들렸다. 굳이 밖에서 잠금장치를 채우지 않아도 어차피 준은 다리에 힘이 없고 머리가 어지러워 멀리 갈 수 없었다. 그럼에도 지연은 철저하게 문단속을 했다.

준은 침대에서 일어나 방 안을 조금 돌아다녔다. 옷장 문을 여니 준희의 삼촌 것으로 보이는 비슷비슷한 색상과 디자인의 기성복들이 걸려 있었다. 준은 책상으로 가서 회전의자에 앉아 보았다. 등받이가 무척 편안했다. 우측에 달린 서랍 세 개 중 제일 위 서랍은 고장이 나서 한쪽으로 내려앉아 있었다. 준은 고장 난 서랍을 잡고 이리저리 당겨 보았다. 서랍 바퀴가 레일에 잘못 물려 있어 쉽게 열리지 않았다. 준은 포기하고 의자에 등을 기댄 채 가만히 눈을 감았다. 창에서 햇빛이 쏟아져 들어왔다. 멀리서 지빠귀가 울었다. 만일 준희와 함께 있을 수만 있다면 평생 이곳에서 이렇게 지내도 괜찮을 것 같았다. 준은 눈을 감고 빙글빙글 의자를 돌리다 어지러워져서 도로 눈을 떴다.

준은 내려앉은 서랍을 바라보다가 다시 한 번 손에 힘을 주고 있는 힘껏 잡아당겼다. 뻐걱 소리와 함께 서랍이 빠져나왔다. 그 안에는 서류 봉투 한 개가 들어 있었다. 준은 봉투 안을 들여다보다가 종이를 꺼내 들었다. A4 용지 몇 장에 긴 편지가 적혀 있었다.

흔적이 남지 않길 원하셔서 전자 메일 대신 우편을 이용합니다. 다 읽으신 후 소각하시면 어디에도 이 보고서에 대한 기록은 남지 않게 될 것입니다.

장혜정 씨의 사망 건과 관련하여 지역 경찰에서는 더 이상 새로운 정보를 얻을 수 없었습니다. 담당 형사는 이번 일로 더 이상 소란스러워지는 걸 원하지 않는다고 말하더군요. 그도 그럴 것이 이미 종결된 사건을 다시 들춰 봐야 경찰에게 좋을 일이 없을 게 뻔하니까요. 지금까지 조사한 바대로라면 당시 그들이 할 수 있는 일은 전부 했다고 보입니다. 이에 대해 조사한 바를 자세히 알려 드리겠습니다.

장혜정 씨는 꽤나 자유분방하게 살아온 데다 아들에 대해서도 방임하는 태도를 취했기 때문에 준희 군은 또래의 평범한 아이들과는 무척 다르게 살아왔다는 점, 미리 알려 드립니다. 그간 장혜정 씨가 만났던 남자들을 조사해 보았습니다. 히피, 여피, 프리터 등 생활 방식이 다양한 것은 물론이고 성향이나 성격도 가지각색이라 그들과 함께 지내야 했던 준희 군으로서는 무척 혼란스러웠을 것입니다.

직업이 뭐가 됐든 장혜정 씨의 남자들은 대개 일정 수준의 교양을 지니고 있었던 모양으로, 주변인들의 평가도 호의적인 편이었습니다. 그런데 준희 군이 여덟 살 무렵 일 년간 함께 산 '박정호'라는 남자는 장혜정 씨가 집을 비운 사이 준희 군에게 손찌검을 하던 것이 발각되어 헤어졌다고 하더군요. 이 점은 당시 이웃 주민이 증언해 주었습니다. 그 이웃은 사십 대 중반의 여자로 꽤나 수다스러운 편이라 장혜정 씨와 준희 군에 대해 상세한 정보를 얻어 낼 수 있었습니다. 그녀는 장혜정 씨를 매우 독특한 여자로 기억하고 있었습니다. 자기만의 세계가 강해서 일상적인 간단한 얘기조차 편하게 할 수가 없었다고 합니다. 그녀와 나눈 대화를 녹음한 USB 파일을 따로 보내 드립니다.

반면에 박정호라는 남자는 눈에 띄는 미남이라 동네 여자들이 모두 호감을 표했다고 하더군요. 사교성이 좋아 밝게 인사하던 모습이 기억되고 있었습니다. 하지만 당시 준희 군에게 피아노 레슨을 해 주던 선생이 준희 군의 등에 난 멍 자국을 이상히 여겨 장혜정 씨에게 알리면서 박정호의 이중성이 드러나게 되었습니다. 사람 심리를 교묘히 조종하는 재주가 있었던 모양으로 준희 군이 학대를 당하면서도 아무에게도 말하지 못하도록 만들었다고 합니다. 준희 군이 박정호에게 어떤 학대를 얼마나 당했는지는 누구도 정확히 모릅니다.

장혜정 씨는 박정호와 헤어지고 나서 얼마 안 되어 새로운 남자를 만나 동거했습니다. 준희 군이 상담 센터에서 상담을 받거나 정신 치료를 받은 기록이 전혀 없는 것으로 보아 장혜정 씨는 준희 군을 그대로 방치한 듯합니다. 준희 군이 아홉 살이 되면서부터는 외국에 거주하는 기간이 점점 늘어나 생활을 추적하는 게 쉽지 않았습니다. 장혜정 씨는 도시보다는 시골이나 변두리에 작은 집을 세내어 생활했기 때문에 임대 서류조차 남아 있지 않은 곳도 있었습니다. 그곳 주민들과 교류도 전무하다시피 했고요. 그래서인지 준희 군을 여자아이로 기억하는 주민들도 있었습니다. 오래전 일인 데다 서로 교류도 거의 없어 주민들의 기억이 분명치 않았습니다. 장혜정 씨가 남편의 유산을 준희 군 앞으로 상당 부분 남길 수 있었던 것은 폐쇄적인 생활 탓에 별다른 지출이나 낭비가 없었기 때문입니다.

여하튼 장혜정 씨가 사건이 일어나기 얼마 전 한국으로 돌아오면서 다시 사건을 추적할 실마리를 얻을 수 있었습니다······.

"뭐 하는 거지?"

준은 소스라치게 놀라며 들고 있던 종이를 떨어뜨렸다. 삼촌이 준을 빤히 지켜보고 있었다.

"한동안 침대에서 꼼짝도 하지 못할 줄 알았더니, 이제 슬슬 정신이 돌아오는 건가? 남의 서랍을 함부로 뒤질 정도로 기운도 나는 모양이고."

"죄, 죄송해요."

"어디까지 읽은 거니?"

"어, 벼, 별로……."

"뭐, 상관없다. 어차피 너는 금세 잊어버릴 테니까."

준은 얼굴을 붉힌 채 어정쩡한 자세로 서 있었다.

"준?"

"네?"

"오늘 밤 넌 이동하게 될 거야."

"……어디로요?"

"아, 그건 궁금해할 필요 없다. 넌 어디 가든 어차피 마찬가지일 테니."

준은 그의 말이 무슨 뜻인지 알 수 없었다. 별로 알고 싶지도 않았다. 그저 준희를 다시 못 만나면 어떻게 살아야 하나 가슴이 몹시 아팠을 뿐이다.

준희

준희를 학교까지 데려다준 삼촌의 그랜저가 시야에서 멀어지자 대왕이 나타났다. 이름 때문에 온갖 별명으로 불리다 결국은 '대왕오징어'로 낙찰된, 준희의 룸메이트였다. 아이들은 급식으로 오징어 국이나 오징어볶음이라도 나오는 날이면 킥킥대며 대왕에게 애도를 표하는 기도를 올렸다. 대왕은 그런 장난을 당해도 "유치해." 하고 딱 잘라 말한 뒤 별로 신경 쓰지 않았다.

"왔구나."

대왕이 가방을 받아 주려고 손을 내밀었지만 준희는 기숙사 건물로 들어가 버렸다. 대왕은 재빨리 준희 곁에 따라붙었다.

"방학이 일주일이나 남았는데, 벌써 왔네?"

"……응."

"왜?"

"네가 뭔 상관이야?"

"하긴."

대왕이 씨익 웃으며 태평스레 답했다.

2층 침대와 나란히 붙은 책상 두 개, 개인에게 할당된 사물함 두 개가 전부인 15제곱미터짜리 방에서 준희는 대왕의 그림자만 봐도 숨이 막혔다. 준희는 들고 온 가방을 침대에 내던진 뒤 뒤따라 들어온 대왕을 노려보았다.

"학교로 돌아온 첫날이야. 네가 눈치껏 잠시만이라도 날 혼자 있게 해 주면 좋겠는데?"

"까칠하시네. 여긴 내 방이기도 하거든?"

대왕은 휘파람을 불며 침대 사다리를 오르더니 벌렁 드러누웠다. 준희는 진절머리가 났지만 어쩔 도리가 없었다.

봄방학이 시작되기 얼마 전 준희의 컴퓨터가 고장이 났다. 과제 때문에 준희는 대왕의 컴퓨터를 잠깐 빌렸다. 모니터에 대왕의 메일함이 띄워져 있었고, 마침 방에는 준희 혼자였다. 준희는 순전히 호기심에 메일함을 열어 보았다. 그동안 대왕은 준희의 일과부터 사소한 사건 하나하나까지 자세히 적어 삼촌에게 보고하고 있었다. 준희는 대왕에게 따져 묻지 않았다. 삼촌다운 일이며 대왕답다고 생각한 게 전부였다. 대왕과 한방에서 지내는 건 끔찍한 일이었지만 다른 누구와 있어도 결국은 마찬가지였을 것이다.

대충 가방을 정리해 사물함에 쑤셔 넣은 뒤 준희는 침대에 벌렁 드러누웠다. 봄방학이 끝나도 당분간은 돌아오지 않는 학생들이 많을 것이었다. 대부분 외국에 나가 있기 때문이었고, 어차피 무인가 학교라 대학교에 진학하려면 검정고시를 치러야 하기 때문에 선생님들도 출석 일수에 크게 신경 쓰지 않았다. 준희는 빈방으로 방을 바꿔 달라고 할까 생각하다가 곧 포기해 버렸다. 언젠가는 그 애들도 돌아올 테고 준희에겐 대왕이나 다른 아이나 별 차이가 없었다.

"야, 벌써 자냐?"

대왕이 작은 소리로 말을 걸었다.

"……왜?"

"너 말이야, 왜 아무것도 안 묻냐?"

"뭔 소리야?"

흐흥, 하고 대왕이 콧소리를 냈다.

"그냥 모르는 척하기로 한 거냐?"

"……넌 왜 방학에도 집에 안 가?"

"그야 가도 반겨 주는 사람이 없으니까. 우리 꼰대는 엄마랑만 알콩달콩, 알지? 여기가 제일 편해."

"……너, 정말 전에 다니던 학교에서 선생한테 커터 칼을 휘둘렀어?"

"넌 정말 미친 게 맞냐?"

"나 안 미쳤어."

"나도 그런 적 없어."

준희는 피식 웃었다.

"야, 대왕오징어!"

"왜?"

"나 학교에서 도망칠 거야."

"너 그러다 진짜 정신 병원 가게 된다."

"만날 사람이 있어."

대왕의 얼굴이 침대 난간 밑으로 불쑥 나타났다.

"너 정말 미친 게 맞구나?"

"보고 싶고 만나고 싶고 걱정되는 사람이 있는 게 미친 거야?"

머리에 피가 몰리는 자세 때문에 대왕의 얼굴은 삶은 오징어처럼 붉어졌다.

"그건 미친 게 아니라 사랑이지. 근데 문제는 네 여친이 너한테밖에 안 보인다는 거잖아?"

준희는 대왕의 얼굴을 향해 베개를 던졌다.

"넓적한 얼굴이나 치워! 덥다."

대왕의 얼굴이 쑥 사라졌다.

"이번엔 누구랑 연애했는데?"

"시끄러워!"

"응?"

"시끄럽다고."

"응? 응?"

"……연애 그딴 거 아냐."

"그럼 뭔데?"

"……."

"맙소사! 이번에도 누군가 보기는 했군. 그러다 들켜서 학교로 일찍 돌아온 거지?"

준희는 팔베개를 한 채 생각에 잠겼다. 대왕을 믿을 수는 없었다. 선생들도 마찬가지였다. 학교를 도망치면 곧 삼촌이 알게 될 터였다. 몇 시간이나마 시간을 벌어서 준에 대한 작은 단서라도 찾으려면 자신이 학교에 있다고 삼촌이 믿게끔 만들어야 했다. 하지만 어떻게? 준희는 초조했지만 서둘러서 잘되는 일은 없었다.

"야, 쭈니!"

"왜?"

"그러지 말고 삼촌 말 들어. 네 걱정 무척 하던데."

"너나 네 꼰대 말 잘 들어라."

"……난 정말 커터 칼 휘둘렀었어."

"왜?"

"열받아서."

"후회해?"

"글쎄, 내가 정말 이상한 애가 될까 봐 덜컥 겁은 났어. 그리고 말이야, 내가 상담 센터 다닐 때 별 애들을 다 만났지만 걔들은 자기들이 이상한 거 절대 몰라."

준. 준희는 눈을 감고 준을 떠올렸다. 준의 목소리와 그 목소리에 실려 오던 독특한 발음들을 떠올려 보았다. 준이 믿는다고, 기다린다고 했다. 반드시 살아남아서 자신에게 손을 내밀어 주겠다고 했다. 그것은 꿈도 아니고 망상도 아니었다. 아니, 현실이란 어차피 그토록 또렷한 기억을 만들어 내는 망상의 다른 이름일지도 몰랐다. 그런데 어느 누구에게도 준의 존재를 납득시킬 수 없다니!

준희는 침대 발치에 놓아둔 백팩에서 과자 봉지 몇 개를 끄집어내 위층 침대로 휙 집어 던졌다.

"먹어."

"감사."

부스럭대는 소리와 함께 대왕이 과자를 씹는 소리가 요란하게 들렸다.

"그거 유통 기한이 언제까지야?"

"웩! 이거 유통 기한 지난 거냐?"

"확인해 봐."

"음…… 뭐야, 육 개월이나 남았는데?"

"그렇지?"

"그렇지라니?"

"내가 산 과자는 일주일밖에 안 남았었거든."

"뭔 소리냐?"

"나는 분명 유통 기한이 일주일 남은 과자를 샀어. 즉 이건 내가 산 과자가 아니라는 뜻이야."

준희는 준이 갇혀 있던 방에서 과자 몇 개를 되는대로 집어 가방에 넣어 왔던 것이다.

"원, 무슨 소린지……. 그게 중요하냐?"

"중요해."

"유통 기한 따위야 잘못 볼 수도 있고, 네가 엉뚱하게 기억했을 수도 있지 쪼잔하게 뭘 그런 거에 집착하냐? 어쨌든 과자는 멀쩡하잖아."

대왕은 과자를 한입에 털어 넣고 우물거렸다.

"맛있네."

학교에는 대왕과 준희뿐이었다. 두 소년처럼 갈 곳이 없거나 어디에도 갈 수 없는 아이들은 그리 많지 않았고 교직원들도 두어 명씩 돌아가며 출근하고 있었다. 준희는 대왕의 숨소리만 빼면 학교가 거대한 무덤 같다고 생각했다. 대왕은 화장실 갈 때 말고는 준희 옆에 그림자처럼 붙어 다녔다. 사람 체온이 그리운지 쫄래쫄래 따라붙으며 거치적대는 통에 준희는 대왕을 무시하고 싶어도 무시할 수 없었다.

준희와 대왕은 대부분의 시간을 체육관에서 보냈다. 대왕은 커다란 엉덩이와 불룩 나온 배를 지탱하는 드럼통 같은 두 다리로 코트를 열심히 뛰어다녔지만 단 한 번도 준희에게서 공을 가로채지 못했다.

"어이, 너, 이, 씨이……."

결국 대왕은 요란한 소리로 씨근덕대며 코트 중앙에 벌렁 드러누워 버렸다. 준희는 대왕을 내버려 둔 채 혼자 골대에 슛을 날리고 떨어진 공을 주워 다시 뛰기를 반복했다. 대왕은 코트 바닥에 주저앉아 준희가 땀범벅이 되도록 뛰어오르고 달리는 모습을 지켜보았다. 준희는 노을이 지고 그림자가 길어질 때쯤 운동을 그만두었다.

체육관은 최근 보수 중이어서 주변에 쇠파이프나 벽돌, 시멘트 포대 같은 것들이 어지러이 널려 있었다. 준희가 기다란 쇠파이프 하나를 집어 들고 제다이 기사처럼 휘두르자 대왕이 입을 오므리고 광선 검의 효과음을 흉내 냈다.

"어이, 쌍쌍바!"

실내용 슬리퍼를 신은 채 운동장을 어슬렁거리던 숙직 선생이 그들을 발견하고 불렀다. 준희와 대왕은 방학마다 텅 빈 냉동고 속 하나 남은 '쌍쌍바' 같은 처지여서 어느새 그렇게 불리고 있었다. 준희는 선생을 무시한 채 그대로 지나치려 했지만 대왕이 준희의 어깨를 잡아 눌렀다.

"어허, 스승님이 부르시는데!"

준희는 눈살을 찌푸렸지만 이미 '멘소래담'이 곁에 다가와 있었다. 몸에서 늘 멘소래담 로션 냄새가 풍기는 바람에 붙은 별명인데, 백 미터 밖에서도 멘소래담의 등장을 알아차릴 수 있을 정도로 그 냄새가 지독했다. 그는 오랫동안 덥고 습한 동남아 오지에서 선교 활동을 하다 류머티즘 관절염을 앓게 되었다. 열악한 환경과 빈약한 영양이 그의 병세를 빠르게 악화시켰다. 멘소래담은 귀국해 치료를 받았으나 발가락과 손가락 모양이 뒤틀려 끔찍한 통증에 시달리게 되었다. 선생으로 부임하던 첫날부터 학생들은 그가 곧 거동을 못하게 될 것이라 수군댔지만 오 년이 지난 지금까지도 여전히 멘소래담 로션 냄새를 풍기며 학교를 활보하고 있었다.

"무슨 일이신가요?"

대왕이 로션 냄새에 코를 씰룩이다가 공손하게 물었다. 멘소래담은 씨익 웃으며 대왕의 커다란 머리통을 쓱쓱 쓰다듬었다.

"둘이 어디 가나?"

"밥 먹으러 갑니다아."

대왕이 쑥스러워하며 대답했다.

선생은 뜻하지 않게 얻게 된 질병과 계속된 선교 사업의 실패 탓인지 멘소래담 로션 냄새만큼이나 지독한 패배감을 전신에 휘감고 있었다. 대왕은 그런 멘소래담을 좋아하는 유일한 학생이었다. 병자 특유의 나른하고 서글픈 분위기가 왜 그토록 대왕의 마음에 들었는지 모를 일이었으나 덕분에 대왕과 붙어 다녀야 하는 준희까지 멘소래담의 관심을 받게 되었다. 멘소래담이 준희를 볼 때마다 삼촌의 안부를 묻는 통에 준희는 "저도 잘 몰라요. 집에 가 본지가 오래돼서요."라는 대답을 토씨 하나 틀리지 않고 반복해야했다. 하지만 그는 준희와 마주치기만 하면 또다시 삼촌의 안부를물었다.

"좋아. 둘이 이렇게 형제처럼 의지도 하고 얼마나 좋아."

목소리조차 나른한 멘소래담이 팔짱을 낀 채 실실 웃으며 딱히할 말이 있는 것도 아니면서 길을 비켜 주지 않았다. 대왕이 멘소래담에게 말을 건넸다.

"선생님이 계속 숙직이신 건가요?"

"아니 아니, 그건 아니고."

"그럼 오늘만인가요?"

"아니 아니, 그렇진 않을 거고."

"방학 동안 베트남에 가 계신 줄 알았습니다만."

"아니, 뭐 그렇진 않고."

"지금 바쁘신 거 아니에요?"

"아니 아니, 뭐 그렇지는 않은데."

"그럼 한가하신 건가요?"

"아니, 뭐 그런 건 아니고. ……그래, 준희 군! 삼촌은 안녕하시고? 응?"

멘소래담이 준희를 향해 나른한 미소를 지으며 물었다.

"그걸 내가 어떻게 알아!"

"······뭐라고?"

"난 모른다고. 삼촌의 안녕 따위."

"혹시 준희 군, 나한테 한 말인가?"

멘소래담이 믿기지 않는다는 듯 당황한 표정으로 물었다.

"아니 아니, 꼭 그런 건 아니고요!"

대왕이 다급하게 끼어들며 준희의 팔을 잡아끌고 걸음을 옮겼다.

"그럼 이만 가 보겠습니다아!"

준희를 질질 끌고 가다시피 하면서 대왕이 쥐어박듯 속삭였다.

"너 미쳤어? 아무리 멘담 쌤이 착해도 반말지거리하며 대드는 놈을 가만둘 거 같아? 바로 네 삼촌한테 연락이 갈걸!"

"이제 그런 건 상관없어!"

준희가 대왕의 팔을 뿌리치며 말했다.

"뭐라고?"

"쓸데없는 소리를 듣고 있는 게 짜증 났을 뿐이야."

"너어, 그래도 쌤인데······."

"누구든."

"새끼가 밥도 안 먹었는데 벌써 얹혔나, 왜 저래?"

준희는 대왕과 나란히 운동장을 가로질러 교문 밖 식당으로 갔다. 방학 동안에는 교내 식당이 운영되지 않았다. 준희와 대왕은 학교 측과 계약을 맺은 근처 식당에서 식권으로 세끼 식사를 해결했다. 작고 마른 초로의 주인 여자와, 신기할 정도로 언니를 닮은 여동생이 함께 운영하는 조그맣고 깔끔한 백반집이었는데 자매의 음식 솜씨가 좋아 단골손님을 꽤 확보하고 있었다.

"왔니?"

준희와 대왕이 들어서자 주인 여자는 멸치를 다듬다 말고 벌떡 일어나며 환하게 웃었다. 이제 막 예순 고개를 넘었거나 넘기 직전으로 보이는 여자는 정갈한 음식 솜씨만큼 단정한 매무새를 하고 있었다. 대왕은 늘 그래 왔던 것처럼 눈을 내리깔고 우물쭈물하다 자리를 찾아 앉았지만 준희는 마주 웃으며 다정하게 인사했다.

"응, 왔어."

평소 주인 여자는 준희의 반말에도 깔깔, 여유 있게 웃었다. 하지만 여동생은 못마땅하다는 듯 흘겨보곤 했다.

"시장에 냉이가 나와서 냉잇국을 끓였는데, 맛이 어떨까 모르겠네."

"무조건 맛있을 거야."

준희가 주인 여자의 말에 넙죽 대답하며 농담을 주고받는 동안 대왕은 식탁에 고개를 처박고 차려진 음식을 게걸스레 먹어 치웠다. 대왕이 자기 앞의 그릇을 말끔히 비우고 물까지 들이켠 뒤에도 준희의 식사는 여전히 진행 중이었다. 대왕은 초조하게 손가락으로 탁자를 두드리고 이쑤시개도 몇 개 부러뜨려 보았지만 그날따라 준희의 식사는 느릿느릿 끝날 줄을 몰랐다.

"야, 멀었냐? 나 똥 마렵단 말이야!"

"화장실 갔다 와."

대왕은 주변을 두리번대다 목소리를 낮춰 속삭이듯 말했다.

"난 익숙한 변기가 아니면 똥 못 눠. 너도 알잖아! 그니까 빨랑 기숙사로 가야 한단 말이야!"

"내 알 바 아니야."

준희가 냉잇국을 한 숟갈 떠 마시며 무심하게 말했다.

"야!"

"싫으면 바지에 싸든가."

"아니, 이상한 애네. 밥 먹는 친구 앞에서 왜 자꾸 똥 마렵다고 닦달이야? 빨랑 화장실 가서 누면 되지."

주인 여자가 눈살을 찌푸리며 쥐어박듯 말했다. 대왕의 얼굴은 푹 삶은 오징어처럼 변해 가고 있었다. 대왕이 낮은 소리로 씨박, 이라고 중얼거렸다. 곧 지독한 방귀 냄새가 식당에 퍼졌다. 준희와 주인 여자가 동시에 코를 틀어쥐었다.

"에잇, 안 되겠다! 기숙사 화장실에 다녀올 테니까 너 어디로 튀면 절대 안 돼! 알았지?"

대왕이 소리를 꽥꽥 지르며 쏜살같이 식당을 튀어 나갔다. 대왕이 발을 뗄 때마다 뿡뿡, 방귀 소리가 요란했다. 주인 여자가 출입

문을 열어젖히며 "세상에!" 하고 소리쳤다. 설거지 중이던 여동생도 주방에서 나와 투덜댔다.

"아휴, 쟤 왜 저런다니?"

"준희 학생! 쟤 좀 이상한 거 맞지?"

주인 여자가 인상을 쓰며 물었다.

"응."

준희는 국을 한 숟갈 떠먹었다.

"근데 쟤는 제가 이상한 걸 절대 몰라."

주인 여자는 혀를 찼다.

"불쌍하네."

"응, 불쌍한 녀석이야."

준희는 숟가락을 내려놓고 자리에서 일어섰다.

"고마워. 정말 잘 먹었어."

"왜, 더 먹지? 하긴 저 녀석 때문에 있던 밥맛도 떨어졌겠다."

"아냐, 충분히 먹었어."

준희가 미소를 지으며 말했다. 주인 여자도 준희를 보며 마주 웃었다. 준희가 그렇게 웃을 때면 세상의 온기가 모두 그 아이 주변으로 모여드는 것 같았다.

"대왕?"

준희의 목소리였다. 대왕은 끙끙거리며 "왜?" 하고 물었다.

"설마 했는데, 네 장은 정말 규칙적이구나. 저녁 식사를 끝내고 정확히 이십 분 뒤에 신호가 와. 그리고 이 화장실에서 이십 분을 보내고."

"야, 너 그 시간을 재고 있었냐?"

"응, 나한테 무척 중요한 문제니까."

대왕은 얼굴을 붉히며 끙 하고 다시 힘을 주었다.

"그게 왜 너한테 중요한데?"

"네가 화장실에 틀어박혀 있는 동안 밖에서 할 일이 좀 있었거든."

"뭔 일?"

"주인 여자에게 부탁해서 내 보호자인 척 학교로 전화를 해 달라고 했어. 내가 집에 돌아가야 할 급한 이유를 주인 여자가 대 줘서, 멘소래담에게 택시비까지 빌릴 수 있었어. 물론 멘소래담한테는 아까 일도 사과했고 아주 공손하게 굴었으니까 걱정하지 마. 난 이제 학교를 떠나. 그리고 다시는 돌아오지 않을 거야."

"야, 이 미친놈아! 학교를 나가면 대체 어떻게 살 건데? 엉?"

"난 잘 살 거야, 대왕. 그러니까 넌 네 걱정이나 해."

"너, 이 새끼! 내가 지금 나가서 바로 꼰지를 거야! 숙직 선생한테도 말하고 네 삼촌한테도……."

"그럴까 봐 내가 대비책을 좀 세워 뒀어. 너한테는 미안하지만 안에서는 절대 문을 열 수 없을 거야. 문밖에 쇠파이프로 잠금장치를 해 놨거든. 그리고 내가 해 봐서 아는데, 아무리 소릴 지르고 난리를 쳐도 교무실이나 숙직실까지는 절대 안 들려. 바로 어제 해 봤으니까 내 말 믿는 게 좋을 거야. 그렇다고 칸막이를 타 넘을 생각은 하지도 하지 마. 넌 급해서 미처 못 봤겠지만 내가 화장실 칸막이 위쪽에 접착제로 유리 조각을 촘촘하게 붙여 놓았거든. 아, 그리고 하나 더. 방금 멘소래담이랑 얘기해서 오늘 취침 점호는 건너뛰기로 했어. 넌 내일 아침 점호 때까지는 꼼짝없이 그 안에 있어야 할 거야. 그러니까 대왕, 잘 있어라."

"야, 쭈니!"

"왜?"

"가지 마. 너 진짜 미친놈이 되고 싶은 건 아니지?"

"준을 못 만나면 정말 미칠지도 몰라."

"야, 이 또라이야! 가지 말라고! 여기서 나랑 농구도 하고 평범하게 지내자고! 너 이번에도 문제 일으키면 네 삼촌이 가만둘 리 없잖아!"

"……잘 있어, 대왕."

"야! 쭈니! 이 미친놈아! 상또라이! 넌 내 유일한 친구란 말이야! ……제기랄, 내 유일한 친구가 미친놈이라니!"

준희는 피식 웃으며 발치에 내려놓았던 백팩을 둘러멨다.

준

준은 꿈에서 준희를 보았다. 외롭고 커다란 집 하나에 작고 마른 아이 하나, 아이는 슬퍼 보였다. 그 아이가 준희라는 것을 준은 그냥 알았다. 읽다 만 편지가 남긴 잔상 때문인지 꿈속에서 준희는 많은 어른들 틈에 둘러싸여 있었다. 준희에게 누군가는 다정했으며 누군가는 냉정했다. 준희 옆에는 산더미처럼 쌓인 초등학교 교과서와 공책이 있었다. 준희는 한 번도 펴 보지 않은 새 책을 모두 읽고 새 공책을 정리해야 했다. 준희에겐 버거운 과제였지만 반드시 해야만 하는 일이기도 했다. 준은 도와주고 싶었지만 그럴 수가 없었다. 꿈속에서 자신은 모습이나 형태 없이 존재하고 있었다.

준은 계속해서 이동했다. 잠깐씩 정신이 들 때마다 창밖으로 푸른 하늘과 새순이 돋는 나무들을 얼핏 보았다. 노란색 개나리도 있었다. 그 모습들은 팔레트에서 뒤섞인 물감처럼 서로 엉키고 뭉개진 채 머릿속에 각인됐다.

준이 정신을 차린 것은 한밤중이었다. 천장의 형광등이 환해서 눈이 부셨다. 얼핏 보기에도 기도원 폐건물의 방과 비슷한 구조에 그곳처럼 변기와 세면대, 작은 수납함이 구비되어 있었다. 방의 크기는 약간 작은 듯했지만 벽지와 장판이 깨끗했고 자신이 누워 있는 침대 역시 새것이었다. 아마도 기도원 방이 지금처럼 낡고 흉물스러워지기 전에는 딱 이런 느낌이었을 것이라고 준은 생각했다.

준은 꼼짝도 하지 않고 누워 있었다. 새삼 일어나 방 안을 살펴볼 필요도 없었다. "어디 가든 어차피 마찬가지"라는 준희 삼촌의 말이 이해가 되었다. 자신은 세상 어디서든 이 작은 방에 갇혀 있어야 했으며 외로움에 취해 꿈과 현실을 오가다 기억을 하나둘 잊어 갈 것이었다.

"……내 인형."

준은 몸을 웅크린 뒤 조그만 소리로 중얼거렸다. 늘 침대 머리맡에 놓여 있던 분홍색 토끼 인형이 보이지 않았다. 유일하게 자신의 것이라 할 수 있는 인형마저 빼앗겼음을 깨닫자 준은 정말로 실체 없는 허깨비가 된 것 같았다.

"준희."

머리가 어지러웠다. 벌써 준희의 목소리를 잊어버린 것 같아 준은 덜컥 겁이 났다. 준희의 목소리와 삼촌의 목소리와 지연의 목소리가 뒤섞여 준의 기억을 어지럽혔다. 거기에 희미하지만 파도치는 소리까지 간간이 들려오고 있었다. 처음에 준은 잘못 들은 것인가 했다. 정신이 맑지 못해 환청을 듣는 일이 많기 때문이었다. 하지만 파도 소리는 규칙적으로 반복되며 점차 또렷해졌다. 메트로놈 박자에 맞춰 파도 소리를 내는 오디오가 돌아가는 중이 아니라면 바닷가 근처로 옮겨 온 것이 분명했다.

"여긴 꼭 필리핀 같구나. 어쩌면 진짜 필리핀인지도 몰라."

필리핀의 바닷가 마을에서 파도 소리 때문에 밤새 잠을 뒤척였다던 준희의 이야기가 떠올라 준은 미소를 지었다.

"준희도 이곳을 알까?"

준의 한숨이 파도 소리 밑으로 조용히 가라앉았다.

식사는 시리얼과 우유로 이전과 같았다. 죽지 않을 만큼 적은 양이었지만 준은 그것조차 다 먹지 못하고 남길 때가 있었다. 준희가 말했듯 창밖에서 들려오는 파도 소리에는 곧 익숙해졌다. 준은 파도 소리가 준희를 불러낼 마법의 주문 같은 것이면 얼마나 좋을까 생각했다. 식사 배급은 침묵 속에서 이뤄졌으며 준 또한 굳이 문밖의 인물에게 말을 걸거나 암시를 받으려 애쓰지 않았다. 준은 차츰 정신이 흐려졌다. 어느 날은 이틀 동안 꼬박 잠을 자고 일어나 문 앞에 놓인 식판의 개수를 보고서야 시간이 얼마나 흘렀는지 깨닫기도 했다.

툭…… 툭, 툭, 툭.

처음에 준은 벽 너머에서 파도 소리만큼이나 규칙적인 박자로
들려오는 소음을 환청일 것이라 생각하고 무시했다. 하지만 소리
는 가끔씩 준의 잠을 깨울 만큼 또렷해졌으며 우연이라 하기에는
지나치게 일정했다. 준은 소리의 박자를 세기 시작했다. 의미를 찾
고 싶어서라기보다 무료해서였다. 그리고 일주일쯤 지났을 때 별
의미 없이 벽을 쳐서 소리를 따라 내 보았다.

툭…… 툭, 툭, 툭.

그러자 준이 만들어 낸 메아리에 놀라기라도 한 듯 저쪽의 소리
가 뚝 멈추었다. 잠시 뒤 조급함이 느껴지는 빠르기로 네 번의 소
리가 계속 반복됐다.

툭, 툭, 툭, 툭…… 툭, 툭, 툭, 툭…… 툭, 툭, 툭, 툭…… 툭, 툭, 툭,
툭…… 툭, 툭, 툭, 툭…… 툭, 툭, 툭, 툭.

준은 모처럼 침대에서 몸을 일으켰다. 여전히 머리가 어지럽고
정신이 맑지 못했지만 가슴이 세차게 두근거렸다. 준이 조심스레
벽을 한 번 치자 들려오던 소리가 멈추었다. 길게 이어지는 정적
사이로 파도 소리가 파고들었다. 준은 머리를 흔들었다. 환청과 환
각, 환상이 뒤엉킨 이 현실은 어딘가에서 다른 누군가가 꾸고 있는
꿈에 불과한 것인지도 몰랐다. 준은 자신의 손을 들어 자세히 살펴
보았다. 기억이 희미해졌듯 손에 있던 흉터도 어느새 흐릿해져 있
었다. 그저 자신의 망상을 담고 있을 뿐인 이 앙상하고 야윈 몸 또

한 벽을 타고 들려오는 소리처럼 어느 순간 사라져 버릴지도 몰랐다. 그러면 파도 소리만이 남게 되겠지. 준은 쓰러지듯 침대에 누워 양손으로 머리를 감쌌다. 준희가 과연 진짜로 존재하는 사람인지, 자신이 정말 살아 있기는 한 건지 의심이 꼬리에 꼬리를 물었다.

'준희라는 아이는 없어. 언젠가 본 적이 있다고 착각한 것에 불과해. 그런 아이가 세상에 존재할 리 없잖아. 그럼 나는? 나는 뭐지?'

준희가 이 세상에 없을지도 모른다고 생각하자 준은 갑자기 절벽 끝으로 내몰린 기분이 들었다.

"난 믿어! 준희가 올 거야!"

준은 있는 힘을 다해 소리쳤다. 점점 무기력해져 가던 몸에 잠시나마 활기가 돌았다. 준은 침대에서 나와 발을 질질 끌며 작은 방을 천천히 걸었다. 조금씩이라도 몸을 움직여서 건강을 지키고 싶었다.

"……준희…… 누구……."

어디선가 들려오는 희미한 소리에 놀라 준은 주변을 두리번거렸다.

"넌…… 누구……."

소리는 오른쪽 벽면에서 들려오고 있었다. 준은 벽 앞으로 가 귀를 바짝 가져다 댔다.

"……갇혀 있어?"

이번에는 확실하게 들었다. 준은 마른침을 삼켰다. 준은 대답을 하려다가 마음을 바꿔 벽을 두드려 보았다.

툭…… 툭, 툭, 툭.

그러자 벽 저편에서 똑같은 소리가 되돌아왔다.

툭…… 툭, 툭, 툭. 그러고는 다시 말소리가 들렸다.

"지금은 말해도…… 되는…… 시간…… 아무 때나 그러면…… 큰일……."

준은 벽에 귀를 가져다 댔지만 정확히 알아듣기가 어려웠다.

"난 준이야!"

"……주니……."

"아니, 준!"

"준…… 나도…… 갇혀 있어……."

준은 목소리에 힘을 주어 또박또박 천천히 물었다.

"넌 누구야?"

"……귀신 들린…… 아이……."

벽 너머의 아이가 다시 한 번 말했다.

"나…… 귀신이 들렸대."

준희

해가 제법 길어져서인지 7시가 넘었는데도 차창으로 저녁 햇살이 들었다. 준희는 창에 손가락을 대 보았다. 유리창에 희미하게 맺힌 자신의 모습을 가만히 쓰다듬자 창 속의 아이가 미소를 지었다.

"학생, 정말 돈이 있나?"

택시 기사가 룸미러에 비치는 아이에게 물었다. 준희는 미소를 띤 채 고개만 끄덕였다.

학교에서 기도원까지 차로 두 시간 남짓이었다. 게다가 퇴근 시간이 겹쳐 도시 외곽 순환 도로의 정체가 심했다. 기사는 불안해하며 돈이 충분하냐고 세 번이나 물었다. 고속 도로를 벗어나면서 햇살도 사라졌다. 기도원이 가까워질수록 번화한 도시의 화려한 불빛은 사라지고 어둠이 찾아왔다. 어둠이 깊어지자 창 속의 아이는 더욱 또렷해졌다.

어둠 속에서 마치 거대한 봉분처럼 보이는 붉은 흙더미 사이를 달려 기도원 입구에 도착했다. 준희가 택시비를 치르자 기사는 기분 좋은 목소리로 잘 가라고 인사했다.

"너도 잘 가."

택시 기사가 미처 대꾸를 하기 전에 준희는 택시 문을 쾅, 소리 나게 닫았다.

준희는 가방을 어깨에 메면서 주변을 둘러보았다. 기도원은 며칠 전 자신이 떠날 때와 거의 다를 게 없었지만 완전히 다른 곳처럼 느껴졌다. 삼촌과 지연은 이미 잠들었을 시간이었다. 준희는 조금 더 밤이 깊은 뒤 기도원에 들어갈 생각이어서 길 건너 공사터로 갔다. 거대한 흙더미가 달빛마저 가로막은 드넓은 땅 여기저기에 포클레인과 불도저가 멈춰 서 있었다. 우두커니 서서 준희는 생각에 잠겼다. 기도원 일대가 택지 개발 계획에 포함된 것은 오 년 전이라 들었다. 삼촌의 기도원 부지도 매입 대상이라 곧 비워 줘야 한다고 했다. 하지만 그 뒤로 공사가 진척되지 않아 기도원은 텅 비고 퇴락한 채 버티고 서 있었다. 삼촌도 언젠가는 이곳을 떠날 것이었다.

"거봐, 준. 모든 것은 변해. 심지어 여기도. 내가 무서운 건 아무것도 변하지 않는 거야. 하지만 다행히도 세상은 그렇지가 않아. 우리 모두 저 흙더미처럼 바람을 타고 어딘가로 흘러가게 돼."

준희는 가방을 내려놓고 땅바닥에 털썩 주저앉았다. 이 황무지에는 아파트가 들어서게 된다. 바로 자신이 앉아 있는 이곳에서 몇 년 뒤 누군가가 울고 웃을 것이다. 비바람에도 끄떡없는 두꺼운 벽 안으로 사람들이 모여 언젠가는 번성하고 융성할 이 흙먼지투성이의 땅은, 그러나 그 모든 일이 지나면 결국 다시 속절없이 부서지고 무너져 바람에 휩쓸려 사라지게 될 터였다.

"준! 두려워 말자. 바람은 계속 불어오니까."

준희는 그곳에서 한 시간쯤 머물렀다. 차가운 밤공기가 준희의 정신도 차갑게 식혔다. 기도원의 뾰족지붕 위 십자가가 어두움 속에 부표처럼 떠 있었다. 준희는 길을 건너 기도원으로 갔다. 울타리 역할을 하는 잡목 뒤로 난 정문은 보통 지연이 잠들기 전 잠가 두었다. 하지만 정문 높이가 그리 높지 않아 마음만 먹으면 뛰어넘을 수 있었다. 준희는 가볍게 문을 흔들어 보았다. 끼익하는 소리와 함께 맥없이 문이 열렸다. 불길한 예감 때문에 준희의 가슴이 내려앉았다.

텅 빈 운동장에서 농구 골대가 외로이 달빛을 받고 있었다. 준희는 운동장을 가로질러 곧장 사택으로 갔다. 본관 그늘에 가린 건물은 외등 하나 없이 지나치게 어두웠다. 준희가 손을 대기도 전에 때마침 불어온 바람을 따라 현관문이 스르륵 열렸다. 준희는 가방에서 손전등을 꺼내 들고 조심스레 안으로 들어갔다. 손전등을 이리저리 비춰 보았지만 사택 안에는 아무것도 남아 있지 않았다. 지연의 성격대로 말끔히 청소까지 해 놓은 상태라 누구든 당장 이사와서 살아도 괜찮을 것 같았다. 준희 방의 가구는 그대로였는데 가져가 봐야 쓸 사람이 없어 남겨 둔 모양이었다.

준희는 사택에서 나와 뒤쪽 폐건물로 달려갔다. 손전등 불빛이 흔들리듯 준희의 가슴도 세차게 뛰었다. 그곳도 철문이 열려 있긴 마찬가지였다. 복도를 따라 늘어선 방들도 모두 열린 채였다. 준희는 준이 갇혀 있던 방으로 들어가 스위치를 올려 보았지만 전기가 끊겼는지 소용없었다. 구석에 도사린 깊은 어둠이 준희의 등을 타고 기어오르는 것 같았다. 멀리서 고양이가 아기처럼 울었고 준희는 소름이 돋으며 식은땀이 났다. 갑자기 쿵 소리와 함께 철문이 닫혔다. 열린 문틈으로 들어오던 실낱같은 달빛이 돌연 자취를 감췄다. 준희는 완전히 겁에 질려 방을 뛰쳐나왔다.

자신의 발소리가 뒤를 쫓아오며 위협했다. 이대로 건물 안에 갇힐지도 모른다는 공포 때문에 준희는 패닉 상태에 빠졌다. 발을 헛디뎌 몇 번이나 비틀거렸다. 무거운 철문을 닫아 버린 것이 바람인지 아니면 도깨비인지 알 수 없었지만 준희의 용기를 순식간에 꺾어 놓았음은 분명했다. 철문을 열고 건물 밖으로 뛰쳐나와서도 준희는 달리는 것을 멈추지 않았다. 누군가 뒤에서 목덜미를 잡아채는 것 같아 준희는 계속해서 뒤를 돌아보았다.

기도원에서 멀찍이 벗어나자 준희의 두려움도 조금씩 가라앉았다. 준희는 뛰기를 멈추고 기도원을 향해 돌아섰다. 어두운 하늘에 떠 있는 십자가를 보자 준희는 부끄러움을 느꼈다.

"겁쟁이!"

준희는 하늘에 대고 크게 소리쳤다. 이래서야 준을 구하기는커녕 바보짓만 하다 끝날 것이었다. 준희는 스스로에게 너무 화가 난 나머지 달리는 덤프트럭에 뛰어들고 싶을 지경이었다. 한동안 생각에 잠겨 있던 준희는 다시 기도원 쪽으로 걸음을 옮겼다. 준희는 사택 안 자신의 방을 찾아 들어갔다. 책상 서랍을 열어 손전등으로 안쪽을 비추자 이곳에 처음 오던 날 넣어 둔 은회색 스포츠 백이 보였다. 준희는 그것을 끄집어내 백팩에 집어넣었다.

"안녕?"

카운터의 주인 여자는 텔레비전을 켜 놓은 채 꾸벅꾸벅 졸다 말고 준희의 목소리에 화들짝 놀라며 눈을 떴다.

"어! 어이구, 준희구나!"

여자는 눈을 게슴츠레 뜨고 억지웃음을 지었다.

"어쩐 일이야? 학교 간 거 아니야?"

준희가 카운터에 올려놓은 멜론 맛 아이스바의 바코드를 찍으며 여자가 상냥하게 물었다.

"도망쳤어."

"어…… 그래. 어?"

여자의 눈이 동그래졌다. 준희는 갑자기 웃음을 터뜨렸다.

"왜 웃어?"

"아니…… 그냥…… 웃겨서!"

준희는 웃느라 말을 제대로 잇지 못했다. 주인 여자가 영문을 모른 채 따라 웃자 준희는 웃음을 멈추었다.

"……삼촌 어디로 갔어?"

"뭐?"

"삼촌 어디로 갔냐고?"

"……내가 그걸 어떻게 알아?"

"당신은 알아. 하루 종일 이 작은 구멍가게에 앉아 오가는 이들에게 쓰레기나 팔면서 별 얘기 다 듣고 별 얘기 다 하는 거 알고 있거든. 그리고 기억력도 좋지. 내가 산 과자들을 종류별로 기억해 두었다가 삼촌에게 일러바칠 정도로."

"이 녀석이 대체 뭔 말을 하는 거야! 너 정말 미쳤니?"

"난 당신이 잘못했다는 게 아니야. 사람이 이런 곳에서 몇백 원짜리 과자나 팔면서 인생을 견뎌 내려면 당신처럼 끊임없이 먹거나 수다라도 떨어야 하지 않겠어? 그걸로 누구도 당신에게 뭐라고 할 수는 없을 거야. 난 당신을 이해해."

"뭐라고!"

항상 느긋해 보이던 주인 여자가 버럭 소리 질렀다.

"나가! 꺼지라고, 이 후레자식아!"

준희는 한숨을 쉬었다.

"알고 있겠지만 삼촌은 내 유산을 관리하고 있어. 만일 그가 나 몰래 도주했다면 형사 처분 대상이야. 당신이 끝까지 입을 다물면 당신에게도 죄를 물을 수 있어. 당신한테 삼촌 따위야 상관없는 인간일 텐데, 굳이 피곤해질 필요 없잖아?"

준희가 되는대로 지껄이는 말에 주인 여자는 애써 태연한 표정을 지으려 했지만 당황한 기색을 감추지는 못했다.

"……사람들 말이 넌 정신이 오락가락하는 미친 애라던데? 지능도 낮고."

"그러니까 더 무섭다는 생각은 안 들어? 삼촌 어디 있어?"

"……."

준희는 주인 여자를 향해 씁쓸한 미소를 지어 보였다.

"……삼촌은 내 유일한 가족이야. 어찌 됐든 이렇게 헤어질 순 없잖아."

주인 여자는 머뭇머뭇하다가 불안한 눈초리로 문밖을 흘긋 보았다.

"나도 자세히는 몰라. ……지연이가 지나가는 말처럼 어디 섬으로 간다고만 했어."

"섬 이름이?"

"몰라."

"곤란한데. 섬이 한두 개도 아니고."

준희가 난감해하는 표정을 짓자 주인 여자는 작은 소리로 속삭이듯 말했다.

"……고향이래."

"뭐?"

"고향 근처에 있는 섬이랬어."

"그렇군. 왠지 그럴 것 같았어."

준희는 아이스바를 집어 들었다.

"고마워, 정말."

주인 여자의 단춧구멍처럼 조그만 눈은 어느새 연속극이 시작된 텔레비전으로 향해 있었다. 준희는 돈을 치르고 잡화점을 나왔다. 동네는 조용했지만 주택과 상점에서 흘러나오는 불빛은 그 어디보다 환하고 따뜻했다. 준희는 '제이 비어'의 간판을 보고 걸음을 멈추었다. 거품 이는 생맥주 잔 그림이 조명등 불빛에 선명했다.

대여섯 개 되는 테이블은 손님들로 거의 다 있었다. 준희는 구석에 하나 남은 빈 테이블에 가서 앉았다.

"어서 와."

지난번 낮에 봤을 때보다 훨씬 젊어 뵈는 주인 여자가 준희의 맞은편 의자에 걸터앉으며 말했다.

"잘 지냈니?"

"응, 너는?"

주인 여자는 어둑어둑한 실내를 휘둘러보았다.

"나야 그럭저럭."

"나도."

"어디 갔다 오니?"

주인 여자가 준희의 백팩을 보며 물었다.

"학교에."

"학생이니?"

"이제 아니야. 오늘 그만뒀어."

"왜?"

"그냥, 쉽지가 않아서."

"저런."

주인 여자가 고개를 끄덕였다.

"나도 그랬어. 학교가 지옥이었지. 하지만 괜찮아. 다들 어떻게 든 살아가기 마련이거든."

준희는 미소를 지었다.

"맥주 한 잔."

주인 여자도 빙긋 웃으며 일어섰다. 그녀가 가져다준 500시시 맥주 한 잔을 들이켠 후 준희는 가게를 나왔다. 여자는 이번에도 돈을 받지 않았다.

버스 정류장으로 향하던 준희의 배 속에서 꼬르륵 소리가 났다. 자매 식당에서 먹었던 마지막 저녁 식사는 소화가 되다 못해 이미 흔적조차 남지 않은 상태였다. 준희는 시계를 보았다. 자정이 가까워 오고 있었다. 그 흔한 편의점도 하나 없는 곳이라 허기를 채울 만한 곳이 마땅히 떠오르지 않았다. 준희는 가볍게 휘파람을 불며 오던 길을 되짚어갔다.

준희가 초인종을 누르자 잠시 후에 "누구세요?" 하는 소리와 함께 문이 벌컥 열렸다.

"여전하네. 누군지도 모르면서 문 열어 주는 거."

준희가 미소를 지으며 말했다. 박 목사 부인이 눈을 동그랗게 떴다. 어두운 현관 조명 아래여서인지 놀란 얼굴이 여고생처럼 앳돼 보였다.

"오랜만이야."

준희는 박 목사 부인을 지나쳐 집 안으로 들어갔다. 거실 소파에 팔을 괴고 누워 느긋하게 텔레비전을 시청 중이던 박 목사가 준희를 보고는 벌떡 일어나 앉았다.

"어! 너!"

준희는 맞은편 안락의자에 걸터앉았다.

"기도원에 가 봤더니 삼촌이 사라졌네."

"그, 그래서 뭐?"

"뭐, 그렇다고."

"우린 네 삼촌이 어디로 갔는지 몰라."

"누가 안대?"

"그럼 왜?"

준희가 아무 말 없이 빤히 쳐다보고만 있자 박 목사는 헛기침을 했다. 곁으로 다가온 부인은 안절부절못하며 남편과 준희를 번갈아 보다가 조심스레 말을 꺼냈다.

"준휘 군도 잘 알겠지만……."

"준휘가 아니라 준희야. 대체 이상하네. 준희보다 준휘가 훨씬 발음하기도 어려운데 왜 당신네 부부는 늘 나를 준휘라고 불러?"

"그, 그래, 준휘 군. 정, 정윤인가 뭔가 하는 애도 정말, 우리는……."

"됐어."

"뭐?"

"정윤이는 잊어버려. 그건 그냥 내가 꾸며 낸 헛소리잖아."

박 목사의 헛기침 소리가 요란하게 들려왔다.

"어…… 그래?"

"나, 배가 고파."

"뭐?"

"기도원에는 쌀 한 톨 안 남아 있더라고. 밥 좀."

"밥?"

준희는 벌떡 일어나 주방으로 들어갔다. 전기밥솥 뚜껑을 열어 보니 잡곡밥이 한가득 담겨 있었다. 준희가 냉장고에서 밑반찬 몇 가지를 꺼내 식탁에 늘어놓고 가스레인지 위에 놓여 있던 콩나물국을 덥히는 동안 목사 부부는 주방 입구에 우두커니 서서 준희의 움직임을 말없이 지켜보았다.

"잘 먹을게."

준희는 콩나물국에 밥을 말았다. 음식만큼은 프로방스풍을 흉내 내기 쉽지 않았던 모양인지 찬이 온통 장아찌 일색이었다. 준희는 숟가락으로 국에 만 밥을 떠서 매실장아찌 한 젓가락을 올린 뒤 입에 넣었다.

"맛있네."

준희가 엄지손가락을 치켜세우자 박 목사 부인은 억지로 미소를 지어 보였다. 준희는 그만 웃음보가 터지고 말았다. 준희가 큭큭 대며 웃는 동안 목사 부부는 입을 굳게 다문 채 서로 불안한 눈짓을 주고받았다.

"미안. 근데…… 난 정말 배가 고팠거든. 얼른 밥만 먹고 갈게. 놀라게 해서 미안해."

준희는 부지런히 밥을 먹었다. 준희가 식사를 끝낸 뒤 찬 그릇을 도로 냉장고에 집어넣고 설거지를 하는 동안에도 목사 부부는 여전히 주방 입구에 서 있었다. 준희가 거실로 나와 백팩을 둘러메자 그들도 따라 나왔다.

"잘 먹었어. 잘 지내고."

준희가 건넨 마지막 인사에 목사 부부도 고개를 끄덕이며 웅얼웅얼 인사를 했다. 준희는 현관문을 열고 밖으로 나왔다. 든든히 배를 채운 덕분인지 한결 마음이 가벼워져 있었다.

준

옆방의 아이는 언제 말을 하고 언제 벽을 두드려야 하는지 알고
있었다. 두 사람이 대화를 나눌 수 있는 시간은 하루에 두 번, 오
분 남짓이었다. 준의 목소리도 마찬가지겠지만, 옆방 아이의 목소
리는 토막토막 끊기는 데다 분명치가 않아 때로 무슨 뜻인지 알아
들을 수 없었다. 며칠간에 걸쳐 나눈 짤막한 대화를 정리해 보면
그 아이 역시 준처럼 어떻게 이곳에 오게 됐는지 잘 몰랐고, 준이
몇 번이나 이름을 물어봐도 대답이 없었다. 아이는 겁에 질려 있는
것 같았다. 그리고 자신은 나쁜 아이라 벌을 받고 있다는 말도 했
다. 서로 상태가 그리 다르지 않아서인지 두 사람의 대화는 겉돌기
만 할 뿐 별 진전이 없었다.

"귀신이 들렸다는 게 무슨 뜻이야?"

준의 물음에 아이는 대답하지 않았다. 아이는 대답하고 싶어 하는 게 아니라 묻고 싶어 했다. 계속해서 준이 여기에 오게 된 이유를 물어 왔지만 준 또한 "나쁜 아이라 벌을 받고 있어." 하는 대답 말고는 해 줄 말이 없었다.

"여기가 어딘지 알아?"

준은 질문을 바꿔 보았다.

"몰라……."

"근처에 바다가 있는 것 같아, 그렇지?"

"응…… 파도 소리……."

"언젠가는 여기에서 나가게 될 거야. 힘내자."

아이는 한동안 대답이 없었다.

"준……."

"응?"

"우리는…… 못 나가. 나는…… 나가고…… 싶지 않아."

준은 가슴이 답답했다.

"어째서?"

아이는 대답이 없었다.

"응? 왜?"

"……나…… 나쁜 아이……."

"준희가 그랬어. 나쁜 아이라도 이렇게 갇혀 있는 건 아니라고.

이렇게 가둬 놓는 게 정말 나쁜 일이라고 했어. 그러니까 너도 그렇게 생각하지 마. 준희가 올 거야. 그럼 우리 같이 나가자."

"……준희……."

"그래, 준희! 그 아이가 우릴 데리러 올 거야."

"준희…… 여기 오면 안 돼……."

"왜?"

아이는 벽을 네 번 두드렸다. 대화를 끝내야 한다는 뜻이었다.

옆방 아이와의 대화는 준을 더욱 힘들게 했다. 아이는 자신이 여기에 갇혀 있는 것을 당연하다고 생각했고 이는 그나마 남아 있던 준의 실낱같은 희망마저 꺾어 놓았다. 어쩌면 여기에 옆방 아이뿐 아니라 더 많은 아이들이 있을지도 몰랐다. 그 아이들 모두 저렇게 생각하는 건가 싶어 준은 우울한 기분으로 침대에 누웠다.

'나 역시 이대로 포기하게 될까? 이렇게 살다가 어느 날 조용히…….'

준은 자신에게 다가올 마지막 순간을 떠올려 보았다. 정신이 흐려진 채 아무것도 기억하지 못하고 잠자듯 숨을 멈춘다. 더 이상 고통도 없고 두려움도 없을 것이다. 자신을 기억하는 사람도…….
준은 벌떡 일어났다. 안 돼!

준은 옆방 아이와 제대로 이야기해 보자고 결심했다. 그 아이는 자신이 왜 이런 벌을 받는지 알고 있는 게 분명했다. 준도 그 아이에게서 실마리를 찾을 수 있을 것이다. 준은 초조한 기분으로 다음 대화 시간을 기다렸다. 준이 몇 번이나 벽을 두드리며 이야기하고 싶다는 신호를 보냈지만 아이는 대답하지 않았다. 마침내 아이에게서 신호가 온 것은 저녁 식사가 끝난 뒤 두어 시간 지나서였다.

"난 알고 싶어. 넌 무슨 나쁜 짓을 했니?"

"……너도 알아……."

"아니! 나는 몰라. 그러니까 알려 줘."

한동안 대답이 없자 준은 계속 벽을 두드렸다.

"말해 줘. 제발! 부탁이야!"

"……조용……."

준은 아이의 말을 듣지 않고 더욱 힘주어 벽을 쳤다.

"난! 알아야 돼! 그러니까! 알려 줘!"

"……제발 조용……."

준은 주먹을 쥔 채 시멘트 벽을 미친 듯이 두드려 댔다.

"제발! 제발! 제발! 제발!"

준의 손에서 피가 배어 나왔다.

"……죽어……."

준은 손동작을 멈추고 입을 다문 뒤 귀를 기울였다.

"……나…… 죽어서……."

"죽어? 누가?"

정적이 흘렀다. 준은 손으로 벽을 짚고 얼굴을 바싹 가져다 댔다.

"괜찮아. 말해 줘."

준은 터지려는 울음을 참으며 말했다.

"엄마……."

"엄마가 죽었어?"

"……응."

"그런데?"

"내가……."

준은 혹시나 놓치는 말이 있을까 봐 귀를 더 바짝 가져다 댔다. 아이는 말하는 것을 몹시 힘들어하고 있었다.

"……내가……."

"응?"

"내…… 죽여서……."

"죽어서?"

"……아니……."

"그럼?"

"……내가…… 죽여서……."

이번에는 똑똑히 들려왔다. 준은 저도 모르게 얼굴을 뒤로 뺐다. 손에서 흘러나온 피가 벽에 더럽고 불길한 붉은 얼룩을 남겼다.

"내가…… 엄마를…… 죽였어……."

옆방의 아이가 또박또박 큰 소리로 말했다. 준은 갑자기 배가 아파 허리를 구부렸다. 다리 사이로 붉은 핏줄기가 흘렀다. 생리 혈이 흘러내리고 있었다.

준희

　한밤의 고속 도로는 한적했다. 간간이 지나가는 차들 모두 제한 속도인 시속 100킬로미터를 넘고 있었지만 그마저도 스치는 바람 같았다. 운전석 앞 차창에는 가족사진 한 장이 붙어 있었다. 무뚝뚝한 표정에 검게 탄 낯빛의 가장과 작은 체격의 아내, 그리고 대여섯 살쯤 되어 보이는 아들과 그보다 더 어려 보이는 딸. 그 가족이 유난히 단란하고 따뜻해 보이는 것은 사진 뒤로 끝없이 뻗은 어둡고 외로운 길 때문이었다.

　그는 준희를 주유소까지 태워다 준 라세티의 운전자와 달리 말이 별로 없었다. 사십 대 중반의 라세티 운전자는 시비 거는 듯한 훈계부터 혼잣말 같은 신세 한탄까지 지치지도 않고 끊임없이 떠

들어 대서 준희는 적당히 맞장구를 쳐 주느라 입가에 경련이 일어
날 지경이었다. 그가 중소기업의 부장으로 일하는 것이 얼마나 어
려운지를 설명하며 근성 없는 젊은이들을 싸잡아 비난할 때쯤 다
행히도 기름이 떨어졌다. 주유소에서 라세티 운전자가 화장실에
간 사이 준희는 막 출발하려는 대형 화물 트럭 운전자에게 행선지
를 물었다. 그는 남쪽으로 간다고 했다.

"왜?"

"남해에 할머니가 살아. 나도 태워 줘."

그도 다른 어른들처럼 준희의 반말에 인상을 찌푸렸다. 준희는
미소를 지었다.

"미안. 외국에서 오래 살았어. 존댓말…… 몰라."

이 자식아, 한국인이면 한국말을 제대로 해야지, 네 부모는 대체
자식을 어떻게 가르친 거냐, 라고 라세티 운전자는 처음부터 잔소
리를 늘어놓았지만 트럭 운전자는 준희를 위아래로 훑어볼 뿐이
었다. 그러곤 고갯짓으로 올라타라는 표시를 했다.

"남해에 할머니가 산다고?"

그가 입을 연 것은 고속 도로를 달린 지 한 시간가량 지났을 때
였다.

"응."

운전자는 준희를 힐끔 보았다.

"남해 어디?"

"몰라."

"모르는데 어떻게 가?"

"엄마 고향. 그런데 엄마가 기억을 잘 못 해."

"어머님이 입양되셨나?"

"응."

어두운 길 끝에는 더 짙은 어둠이 도사리고 있었다. 굉음을 내며 빠른 속도로 달려가 어둠 속에 뛰어들어도 길은 또 다른 어둠으로 이어졌다.

"나도 부모를 몰랐어. 어려서 버려졌거든. 고아원에서 컸어."

준희가 졸음 때문에 고개를 떨어뜨리는 순간 운전자가 불쑥 말을 꺼냈다.

"고아원을 뛰쳐나온 게 네 나이쯤이었을 거야. 그때는 그렇게 화가 나더라. 그냥 다 화가 났어. 있는 대로 들이받으면 속이 시원할 줄 알았는데 점점 더 아파지더군. 그래서 친부모를 찾아봤어. 결사적으로 찾았지. 친부모만 찾으면 다 해결될 것 같았어."

"……그래서?"

"결국 찾았어. 그 양반들이랑 한동안 가족 흉내도 내고 살았어."

운전자는 입을 다물고 앞만 보며 운전했다. 끊임없이 돌아가는 엔진 소리와, 차량이 빠른 속도로 공기를 가르며 지나가는 소리가 뒤섞여 고막이 먹먹했다. 준희의 고개가 밑으로 꾸벅 떨어졌다.

"지금은 의절했어."

준희는 눈을 뜨고 운전자를 쳐다보았다.

"……왜?"

"문제의 원인과 가까이 있으니 문제가 점점 더 심각해졌거든. 버릴 것은 과감히 버려야 해. 그래야 새로운 걸 만들 수 있어."

운전자가 턱으로 가족사진을 가리켰다.

"내 분신들이나 마찬가지야. 함께 있으면 마음이 편해. 지금은 행복하다고 할 수 있어."

"분신들……."

준희는 고개를 끄덕였다.

"어쨌든 행복하다니 좋은 일이네."

"네 할머니가 살아 있을까?"

"몰라."

"어쨌든 꼭 찾아라. 네 어머니가 좋아하시겠지."

"우리 엄만 죽었어."

"그렇군."

트럭은 동이 트기 직전 황전 휴게소에 도착했다. 준희와 운전자는 식당에서 뜨끈한 우동을 먹은 뒤 헤어졌다. 그는 준희의 어깨를 툭툭 치고는 트럭에 올라탔다. 준희는 그에게 손을 흔들어 주었다.

남해 대교를 건너게 해 준 것은 벚꽃 구경을 왔다는 여대생들이었다. 그녀들은 준희가 태워 달라고 부탁하자 자기들끼리 쑥덕거리더니 그러겠다고 했다.

"귀여워서 태워 주는 거야!"

운전대를 잡은 여대생이 깔깔 웃으며 쾌활하게 말했다.

"혼자서 남해엔 무슨 일로 가니?"

뒷좌석에 앉은 여대생이 준희에게 캔 커피를 건네며 물었다.

"여자 친구를 만나러 가."

여대생들은 뭐가 그리 우스운지 또 까르르 한꺼번에 웃음을 터뜨렸다.

"여자 친구?"

"응. 그 애가 갑자기 남해로 이사를 갔거든. 보고 싶어서 부모님 몰래 만나러 가는 길."

"얘 좀 봐라! 너 되게 낭만적이다? 그럼 그 여자 친구도 네가 오는 걸 아니?"

"글쎄, 말은 안 했지만 아마 기다리고 있지 않을까?"

또다시 까르르하는 웃음소리가 차 안에 가득했다. 준희도 피식 따라 웃었다.

"요즘 애들 정말 빠르다니까."

"고등학생이면 다 컸지, 뭐. 우리보다 고작 서너 살 어린 거 아니니?"

"듣고 보니 그러네."

여대생들이 재잘거리는 소리가 모카커피의 휘핑크림처럼 둥둥 떠다니다 어느새 녹아 사라졌다. 준희는 남해의 바다를 보기도 전에 잠이 들었다.

여대생들은 바다가 멀리 보이는 버스 정류장에 준희를 내려 주었다. 준희에게 과자와 초콜릿 따위도 잔뜩 건넸다. 준희가 미소를 지으며 고맙다고 인사하자 운전대를 잡은 여대생이 차창 너머로 고개를 내밀고 말했다.

"너 정말 귀엽다! 만일 여친이랑 깨지면 누나한테 연락해! 너 같은 연하라면 대환영이야!"

"이 누나도 있다!"

뒷좌석의 여대생 둘이 준희에게 손을 흔들며 소리쳤다. 그러고는 까르르하는 웃음소리를 남기며 떠났다. 준희는 미소를 띤 채 그녀들이 탄 흰색 모닝이 멀어지는 것을 바라보았지만, 자동차가 시야에서 사라지자마자 무표정한 얼굴이 되었다. 준희는 양손에 가득 들린 과자를 멀리 내던졌다.

"꺄르르르르르르……"

준희는 혀를 입천장에 대고 숨을 뱉어 내며 여대생들의 웃음소리를 흉내 내 보았다.

남해에 아침 햇살이 들었다. 맑은 공기가 폐 안을 가득 채웠고, 버스 정류장 아래로 해안선을 따라 늘어선 횟집과 고기잡이배들이 보였다. 도로 옆으로는 울창한 소나무 숲이 있어 새들이 지저귀는 소리가 청량했다. 남해는 삼촌과 어머니가 태어나 어린 시절을 보낸 곳이었다.

"내가 왔어, 준."

준희는 파도 소리가 들려오는 먼 바다를 보며 다정한 목소리로 중얼거렸다.

준

　방 어디에도 생리대 따위는 없었다. 준은 끔찍한 복통과 싸우며 수건을 있는 대로 끄집어냈다. 붉은 피가 몸에서 계속 흘러나오는데도 배만 아플 뿐 다른 곳은 멀쩡해서 이상했다. 엉덩이 밑에 깔아 둔 수건은 곧 피로 흥건해졌다. 준은 비틀거리며 일어나 수건을 비벼 빤 뒤 수납함 위에 널었지만 아침부터 날이 계속 흐린 통에 마를 기미가 보이지 않았다. *여자 어른이라면 누구나 하는 거야.* 기억 속의 누군가가 그렇게 말했다. 자신은 이 작은 방에서 혼자 어른이 되어 가고 있었다.

　준은 옆방 아이와 대화하는 것을 포기했다. 그 아이도 더 이상 벽을 두드리거나 말을 걸어오지 않았다. 잡힐 듯 말 듯 한 기억이 준을 두려움에 떨게 했다. 준은 몸을 동그랗게 말고서 이불 속으로 파고들었다. 잠을 자고 싶었지만 배가 아팠다. 이불이 더러워질까 봐 몸을 움직일 수 없었다. 비릿한 냄새가 준을 괴롭혔다. 간신히 잠들었지만 준은 자신의 몸 전체에 구멍이 숭숭 뚫리며 피가 쏟아지는 꿈을 꾸었다. 축축한 느낌에 눈을 떠 보니 새로 간 수건이 피에 젖어 있었다. 세면대에 수건을 담그자 수돗물에 피가 붉게 번졌다. 오한 때문에 준은 몸을 덜덜 떨었다.

기억해 봐, 준.

준희의 목소리가 머릿속에서 쾅쾅 울렸다. 준은 얼룩이 남지 않도록 수건을 비비고 또 비볐다.

뭐든지 좋아. 기억해 봐, 준.

준은 수건을 비틀어 짰다.

"싫어! 난 아무것도 기억해 내지 않을 거야!"

그럼 안 돼, 준.

준희가 걱정스러운 목소리로 말했다.

네 기억은 우리에게 큰 도움이 될 거야. 나를 위해서, 기억해 봐, 준.

준은 젖은 수건을 손에 쥔 채 멍하니 생각에 잠겼다. 갑자기 배가 아파 오며 뜨끈한 액체가 다리 사이를 흐르는 느낌이 들었다. 준은 주저앉아 몸을 웅크렸다.

엄마가 분명했다. 생리에 대해 가르쳐 준 사람도, 머리카락을 빗겨 주며 예쁘다고 칭찬해 준 사람도, 희고 고운 손으로 다정하게 어루만져 준 사람도 엄마였다. 그토록 친숙하고 그리운 느낌은 엄마만이 줄 수 있었다. 아름다운 사람이었다. 그녀가 머리를 틀어 올린 채 창가에 서서 담배를 피우던 모습을, 어린 준은 동경 어린 시선으로 바라보았다. 그녀는 가끔씩 발치에서 놀고 있는 준을 바라보며 미소 지었지만 구름이 떠가는 하늘에서 오랫동안 시선을 떼지 못했다.

준은 식은땀을 닦아 냈다. 그녀의 모습을 떠올리는 것만으로도 고통이 느껴졌다. *우리 엄만 마녀야. 검은 숲에서 사는 마녀.* 어린 시절 준은 누군가에게 그렇게 말한 적도 있었다. 준은 침대로 기어 올라갔다. 한번 떠오른 기억이 다른 기억을 불러들였다. 달콤한 사탕과 과자가 방 한가득. 준은 눈을 감았다.

"기억이 났어, 준희야."

뭔데?

"자기 전에 화장실에 몇 번이나 가고, 목이 말라도 절대 물 한 방울 입에 대지 않는데도 나는 밤이면 침대에 오줌을 쌌어. 엄마가 아끼는 침대보에, 엄마가 몇 번이나 빨아 준 깨끗한 이불에. 잠들지 않으려고 멍이 들도록 팔을 꼬집어도 나는 결국 마법에라도 걸린 것처럼 잠이 들고 오줌을 쌌어. 자다 깨서 축축하게 젖은 이불에 앉아 있을 때의 두려움을 네가 이해할까? 할 수만 있다면 시간을 되돌려 절대 잠들지 않으면 좋겠다고 생각하게 돼. 연기처럼 사라졌으면 좋겠다고 생각하게 되지. 정말 무서워서 훌쩍훌쩍 나도 모르게 울게 되는 거야. 그러면 엄마가 더 싫어한다는 걸 알면서도, 나는 울음을 그칠 수가 없었어."

불쌍해, 준. 가엾어라.

"엄마는 무섭게 화를 냈어. ……정말 무서웠어."

엄마가 어떻게 했는데? 설마 준을 때린 거야?

"아니, 과자와 사탕을 주었어."

과자와 사탕?

"엄마는 화가 나면 과자와 사탕을 주었어. 넌 정말 아이구나. 철부지 아이. 아이들은 과자와 사탕을 좋아하지. 매일매일, 화가 풀릴 때까지 하루 종일 과, 과자와 사탕을 사, 산더미처럼, 내 발치에 쌓아 놓고 먹어라, 먹어라, 먹어라……."

준은 구역질을 했다.

"다른 건 못 먹게 하고 과자와 사탕을 몇 날이고 몇 주고 몇 달이고, 과, 과자와 사, 사탕을……."

준은 변기로 달려갔다. 준의 위 속에서 보잘것없는 음식물이 쏟아져 나왔다.

불쌍한, 준. 정말 지독한 엄마구나.

"아니야. 엄마는 상냥했어. 내가 나쁜 아이라서, 그래서 달콤한 과자와 사탕을 먹지도 못하고 토해 버려서, 엄마는 정말 슬퍼했어."

준은 웅크리고 앉아 몸을 앞뒤로 흔들었다.

"너만 아니었으면 나는 이렇게 비참한 기분을 느끼지 않았을 텐데. 너만 아니었으면 나는 이렇게 내 밑바닥을 보지 않아도 됐을 텐데. 너만 아니었으면 나는 이런 식으로 나 자신을 혐오하게 될 일도 없었을 텐데. 엄마가 나를 안고 그렇게 말했어. 엄마도 괴로웠던 거야. 엄마도 사실은 좋은 엄마가 되고 싶었던 거야. 그런데 내가 나쁜 아이라 엄마는 그렇게 되질 못해서 슬프고 불행했어. 내 잘못이야."

준은 팔에 얼굴을 묻고 흐느껴 울었다. 엄마가 자신을 안고 울음을 터뜨렸을 때의 슬픔이 되살아나 가슴이 쪼개지듯 아파 왔다. 엄마를 행복하게 만들 수만 있다면 무슨 짓이든 하겠다고 생각했었다. 엄마가 자신을 사랑하게 만들 수만 있다면 죽어도 괜찮다고 생각했었다.

"그래서 나는 화가 났어."

준이 눈물을 닦으며 말했다.

"나는 늘 화가 나 있었어."

준은 곧 후회했다. 말해서는 안 될 비밀을 털어놓은 것만 같았다. 더 이상 준희의 목소리도 들리지 않았다. 준은 멍하니 앉아 하나둘 눈앞에 떠오르는 지난날의 장면들을 응시했다.

툭…… 툭, 툭, 툭.

벽을 두드리는 소리가 들려왔다. 옆방의 아이가 말을 걸고 있었다. 준은 대답할 기분이 아니어서 가만히 있었다. 하지만 옆방 아이는 포기하지 않고 언젠가 준이 그랬던 것처럼 계속해서 벽을 두드렸다. 준은 할 수 없이 일어나 벽 앞으로 갔다. 준이 벽을 두드리자 옆방에서 나던 소리가 멈췄다. 잠시 정적이 흘렀다.

"……준?"

"나 여기 있어."

"……아파?"

"……아니."

"……너도 엄마…….."

준은 옆방의 아이가 꺼낼 말을 짐작했지만 입이 얼어붙기라도 한 것처럼 아무 대답도 할 수 없었다.

"너도…… 엄마…… 죽였어?"

옆방의 아이가 물었다. 피와 비. 창밖에 빗방울이 떨어지고 준의 가랑이 사이로는 피가 흐르고 있었다.

준희

남해에는 넓게 펼쳐진 바다만큼 마늘밭도 지천이었다. 버스를 타고 가는 내내 준희는 창밖으로 펼쳐진 마늘밭의 푸른 빛깔에 시선을 빼앗겼다. 파란 하늘과 쪽빛 바다, 그리고 푸른 마늘밭이 아스팔트 도로를 따라 끝없이 이어지고 있었다. 흰 뭉게구름이 지날 때마다 대지에는 옅은 얼룩이 생겼다. 준희는 아무 생각 없이 텅 빈 마음으로 눈앞의 풍경을 좇았다.

버스에는 승객이 별로 없었다. 운전사가 틀어 놓은 라디오에서 트로트가 흘러나왔다. 여가수는 간드러진 목소리로 밤비 내리는 영동교를 홀로 걷는 마음에 대해 노래했다. 비에 젖고 슬픔에 젖은 그 노래도 화사한 봄빛에 녹아들었다. 준희는 처음 들어 보는 노래를 저도 모르게 따라 흥얼거렸다. 준희가 버스에서 제일 마지막에 내린 승객이었다. 운전사는 텅 빈 버스를 끌고 다음 정거장을 향해 덜컹덜컹 출발했다.

2차선 도로가 구불구불 이어지는 양옆으로 마늘밭이 펼쳐져 있고 그 너머에 옹기종기 모여 있는 시골 가옥들이 보였다. 준희는 인도가 따로 없는 좁은 도로변을 한가로이 걸었다. 가끔씩 자동차가 쌩하니 지날 때마다 먼지바람이 불었다. 준희가 어렸을 때 엄마의 손을 잡고 걸었던 흙길이 아스팔트로 포장된 것 말고는 이전의 풍경과 별반 다르지 않았다. 물론 더 오랜 옛날에는 가옥 대부분이 초가지붕을 이고 있었다고 하니 준희가 알지 못하는 그 시절에 비해서는 꽤 많이 달라진 것일 테다. 하지만 결국 개발의 광풍도 세찬 바닷바람을 이기진 못했으며 내륙에서 멀리 떨어진 해안가 마을 특유의 쓸쓸한 분위기도 밀어 내지 못했다.

"한동네에 우글우글 모여 살다니, 정말 끔찍한 일이야. 한 집 건너 한 집이 전부 같은 자 돌림에 같은 성씨. 모두가 가족이고 친척인데도 담 넘어 무슨 일이 있나 고개 길게 빼고 기웃기웃. 건수라도 하나 잡았다 치면 몇 년을 찧고 빻고 끝이 없지. 지긋지긋한 인간들. 네 외할아버지가 고향으로 돌아와 교회를 연 건 정말 어리석은 짓이었어. 네 외할머니는 서울 여자라 이런 촌 동네에서 살기 힘들어했고 엄마 역시 답답해서 숨이 막혔어. 엄마는 다리에 비늘이 돋아나 인어가 돼서 바다를 헤엄쳐 나가는 꿈을 여러 번 꾸었었어."

엄마는 준희를 처음 여기 데려왔을 때 그렇게 말했다. 친척이 한 동네 모여 살다 보니 별일이 다 있었다. 누군가는 요절했으며 누군가는 백 세 넘어서까지 살았다. 누군가는 실패했으며 누군가는 성공했다. 엄마는 죽었으며 삼촌은 돌아왔다.

준희는 도로 옆 샛길로 접어들었다. 마늘밭에서 부지런한 마을 아낙들이 허리를 수그린 채 일하고 있었다. 썰물 때라 바다가 잘 보이지 않았지만 파도 소리만큼은 쉴 새 없었다. 여기저기 두리번대다가 고개를 갸웃하고 가끔 멈칫거리기도 하면서 걸어가던 준희는 마을 입구의 커다란 버드나무를 보고서야 안도의 미소를 지었다. 줄기가 독특하게 휘어진 나무는 준희의 기억 그대로였다.

마을 초입에 높은 돌벽으로 둘러싸인 커다란 저택이 있었다. 준희가 어머니와 처음 찾아왔을 때는 공사 중이었는데, 알 만한 폭력 조직의 보스가 은퇴해 머물 곳이라 들었다. 보스는 이 마을 출신이 아니었다. 그가 굳이 마늘밭으로 둘러싸인 이 작은 시골 마을에 정착하려는 이유를 누구도 알지 못했다.

"퇴물 깡패가 어쩌다 여기까지 굴러들어 온 건지는 모르겠지만, 세상 참 재미있어. 이상한 것들이 이상한 장소에서 자연스레 만나지거든."

준희의 손을 붙잡고 공사장을 구경하며 엄마가 말했었다. 그녀는 무척 재미있어했지만 마을 주민들에게는 반갑지 않은 불청객

임이 틀림없었다. 준희는 마을 노인들이 한창 공사 중이던 이곳을 지나칠 때마다 가래침을 뱉으며 눈살을 찌푸리던 것을 기억했다.

준희는 신기한 기분으로 굳게 닫힌 철문 앞에 서서 저택을 둘러보았다. 높다란 담 꼭대기 곳곳에 감시 카메라가 설치된 게 보였다. 철컹하고 대문이 열리더니 젊은 남자 한 명이 밖으로 나왔다. 안에서 컹컹, 개 짖는 소리가 요란했다. 흰 폴로셔츠에 감색 재킷을 걸치고 베이지색 면바지를 입은 남자의 옷차림은 샐러리맨이 주말 나들이를 위해 가볍게 차려입은 듯한 느낌을 주었다. 그는 대문 앞에 우두커니 서 있던 준희를 이리저리 훑어보았다.

"너, 여기서 뭐 하냐?"

"집 구경."

"뭐?"

남자가 준희 앞으로 다가왔다.

"괜히 얼쩡거리지 말고 꺼져, 응?"

"집이 멋지다."

준희가 높다란 지붕을 올려다보며 말했다.

"여기 정말 늙은 깡패가 살아?"

남자는 어이가 없다는 듯 픽 웃더니 담배를 한 대 피워 물었다.

"이상한 녀석이네. 너 혹시 여기가 이렇게 된 거냐?"

남자가 담배 든 손가락으로 관자놀이 근처를 빙그르르 돌렸다. 준희는 고개를 끄덕이며 배시시 웃었다.

"맞아, 사람들이 나더러 좀 이상하대."

남자는 담배 연기를 깊숙이 빨아들였다.

"아야, 그냥 가라? 응?"

"그거 맛있어?"

남자는 눈살을 찌푸리며 손에 든 담배를 흘끔 보았다.

"이거?"

"응."

"죽이지."

"한 모금만."

"뭐?"

남자는 묘한 표정으로 준희를 보았다. 준희는 여전히 미소를 짓고 있었다. 그가 준희 쪽으로 담배를 불쑥 내밀었다. 준희는 담배를 받아 들고 남자를 흉내 내어 한 모금 빨아들였다. 그러고는 인상을 쓰며 남자에게 담배를 돌려주었다.

"어때?"

"그딴 걸 계속 피우다간 나처럼 될 거야."

"뭐, 인마?"

준희가 몸을 돌려 몇 발자국 걸어 나오자 남자가 불렀다.

"야! 또라이!"

남자가 다가오더니 준희 손에 담뱃갑을 쥐여 주었다.

"잘 들어라. 담배란 처음부터 절대로 만나지 말았어야 하는 지굿지굿한 애인 같단 말이다. 하나도 좋을 게 없어 미치도록 헤어지고 싶은데 나도 모르게 찾아가 다시 만나게 되고, 이제야 벗어났다 생각했는데 우연히 다시 만나 이어지는 그런 끈질긴 악연 말이야. 하지만 어쩌겠냐? 벌써 만나 버린 것을! 네가 내 말이 뭔 뜻인지 알기나 하겠냐만, 하여간 이거 가져가.”

남자는 말을 마치고 준희 얼굴에 담배 연기를 후 하고 뿜어냈다. 준희가 콜록콜록 기침을 하자 그는 낄낄대고 웃었다.

마을의 주택은 새로 지어지거나 개량된 곳도 있어 준희의 기억과 많이 달랐다. 하지만 몇 세대를 거치며 내려온 개인 소유지는 지금도 변함이 없는 터라 길만큼은 거의 예전과 같았다. 고요한 길을 따라 내륙보다 먼저 핀 벚꽃들이 봄빛과 어우러지고 있었다. 준희는 나직하게 휘파람을 불었다. 길 저쪽에서 흰 한복을 차려입은 노인 한 명이 뒷짐을 진 채 천천히 걸어오고 있었다. 준희에게서 시선을 떼지 못하는, 키가 작고 어깨 좁은 노인은 따지고 들면 준희의 먼 친척 어른일 것이다. 준희는 휘파람을 불며 노인의 곁을 무심하게 지나쳤다. 노인이 멈춰 선 채 오래도록 자신의 뒷모습을 지켜보는 게 느껴졌지만 준희는 돌아보지 않았다.

오동 할머니 집은 준희의 기억 그대로였다. 집 앞마당의 커다란 오동나무 때문에 ‘오동댁’으로 불리던 젊고 영민한 아낙네는 이제 오동 할머니가 되었다. 오동 할머니는 허리가 굽고 무릎 관절이 좋지 않았지만 이빨도 멀쩡했고 하얗게 센 머리카락 역시 숱이 많았다. 청력도 다른 노인들에 비해 좋은 편이라 멀리서 하는 말이 아니면 대부분 정확히 알아들었다. 그녀는 아흔 해 가까이 산 지금도 많은 일들을 세세하게 기억했다.

준희가 빼꼼히 열려 있는 대문으로 들어서자 널찍한 마당 한구석의 높다란 오동나무가 눈에 들어왔다. 처음 왔을 때는 보랏빛 꽃들이 나무 가득 피어 있어 집 안에 향기가 진동했다. 엄마는 자그마한 오동 할머니를 보자마자 다정하게 포옹했었다.

할머니는 툇마루에 앉아 봄볕을 쬐고 있었다. 말리던 취나물을 가끔씩 뒤적거리기도 하고 졸기도 하면서 한가로운 오전 시간을 보내던 그녀는, 자기 앞에 서서 환하게 웃고 있는 준희를 발견하자 작은 눈을 반짝이며 기억을 더듬었다.

"분명히, 본 적이 있다."

"준희야. 박준희."

준희는 툇마루에 걸터앉아 오동 할머니의 손을 붙들었다.

"어려서 인사하러 왔었잖아. 엄마랑 같이."

"……."

"장혜정. 할머니 조카의 딸."

"……아, 맞다! 맞다!"

잠시 고개를 기우뚱한 채 생각에 잠겨 있던 오동 할머니는 아이처럼 해맑게 웃으며 준희의 손을 반갑게 쓰다듬었다.

"네가 혜정이 아들이가? 가시나처럼 곱상했던 아가 이래 시커

먼 장정이 되았다. 웃는 거를 보니까 맞다, 혜정이 아가 맞다."

"할머니는 더 예뻐졌다."

오동 할머니가 클클클 웃었다.

"혜정이 아가 여기는 웬일이고?"

"할머니, 나 배고파."

오동 할머니는 눈을 가늘게 뜨고 준희를 지그시 보았다.

"그래, 밥때가 되았지."

할머니가 느릿느릿 부엌으로 들어가자 준희는 툇마루에 누워 눈을 감았다. 얼마 지나지 않아 고른 숨소리를 내며 까무룩 잠들었다. 할머니는 새로 밥을 짓고 된장을 끓여 내왔다. 잠에서 깬 준희가 상을 번쩍 받아 들자 할머니는 삐뚤삐뚤한 이를 드러내며 웃었다. 준희가 밥 한 그릇을 뚝딱 비우는 걸 본 할머니는 묻지도 않고 밥을 더 퍼 주었다.

준희가 설거지를 하는 사이 오동 할머니는 사과 한 알을 꺼내 껍질을 깎고 먹기 좋게 잘라 놓았다. 준희는 바지 자락에 물기 묻은 손을 쓱 닦으며 툇마루에 걸터앉았다. 할머니가 사과 한 조각을 손으로 집어 준희에게 건넸다. 준희는 입으로 냉큼 받아먹었다. 할머니가 클클클 웃었다.

"엄마가 할머니 얘기를 가끔 했어."

"그랬나?"

"할머니는 모르는 척할 때와 아는 척할 때를 안다고 했어. 그러기가 쉽지 않은데, 할머니는 항상 그때를 잘 알았다고."

오동 할머니는 준희의 말을 주의 깊게 듣고 있었다.

"외할아버지 교회가 불타 없어진 거, 정말 그냥 사고야?"

오동 할머니는 말없이 사과 한 조각을 준희에게 건넸다.

"묵어."

준희가 사과를 받아 들었다.

"외할아버지도 그때 화재로 죽어 버린 거, 맞지?"

"……."

"그래서 외할머니하고 엄마하고 삼촌하고 보험금으로 여기를 떠날 수 있었던 거고."

준희는 사과를 아삭아삭 씹어 먹었다.

"그런데 외삼촌은 엄마를 왜 그렇게 미워했어?"

"……오래전 일이래이……."

준희는 피식 웃었다.

"그러지 마, 할머니. 나를 단번에 알아봤잖아. 외삼촌이 여기 돌아온 것도 벌써 알고 있지?"

"……."

"응?"

오동 할머니는 준희에게 바싹 다가앉았다.

"……니는 여 있으면 안 된다. 퍼뜩 가래이."

"왜?"

오동 할머니가 준희의 손을 잡았다.

"그건 몰라도 되고…… 좌우지간 안 된다."

"외삼촌 기도원 어디 있어?"

"……와?"

준희는 씨익 웃었다.

"그야 찾아가려고."

"……아야, 들어 봐라. 니 삼촌하고 니 어매하고 안 보고 살았다
믄 다 그만한 이유가 있지 않겠나? 또 삼촌이 니 몰래 여기로 왔다
믄 그것도 다 이유가 있을 기고. 와 굳이 찾을라카나?"

"우린 가족이잖아. 그러니까 함께 있어야지."

"참말 그게 다가?"

"또 뭐가 있겠어? 삼촌도 결국 이곳으로 돌아왔잖아. 엄마도 날
데리고 여기에 왔었어. 나한테 여기를 알려 주고 싶었던 거야."

오동 할머니는 준희에게서 시선을 거두고 마당의 오동나무를
한참 동안 바라보았다. 준희도 조각구름 하나가 오동나무 가지에
걸려 오도 가도 못하는 풍경을 말없이 구경했다.

"……니 어매도 니 할버지도 이미 죽었다. 그러니 니는 니 하고
싶은 대로 하믄 된다."

"난 삼촌을 찾고 싶어."

"꼭 그리해야 쓰겠나?"

"응."

오동 할머니는 얼마 전 종손자가 돌아왔다는 소식을 들었을 때를 돌이켜 보았다. 뒷목이 서늘하고 내내 쩜쩜한 기분이어서 며칠 동안 잠을 설쳤었다. 고향을 떠난 뒤 다신 볼 일 없을 줄 알았던 종손자가 돌아와 제 아비처럼 교회를 열더니, 이미 죽어 버려 다신 떠올릴 일이 없을 줄 알았던 종손녀의 아들이 찾아와 함께 밥을 먹었다. 오동 할머니는 삼십여 년 전의 일을 아직도 똑똑히 기억하고 있었다. 볼 꼴, 못 볼 꼴 다 보고 산 구십 평생이지만, 다신 떠올리고 싶지 않은 기억 중 하나였다.

오동 할머니네 마늘밭은 조카의 교회 근처에 있었다. 삼십여 년 전 그날도 할머니는 마늘밭에 엎드려 하루 종일 일했다. 허리와 등이 끊어질 듯 아파 와 할머니는 일손을 놓고 일어서서 노을 지는 하늘을 올려다보았다. 불타는 하늘을 등진 채 조카의 교회가 너른 들판에 우뚝 서 있었다. 멀리에서 쉼 없이 들려오는 파도 소리에 맞춰 허리를 토닥토닥 두드리다가 문득 검푸른 대지 위로 피어오르는 흰 연기를 보았다. 피곤한 할머니는 눈앞이 침침해 미간을 찌푸렸다. 눈을 가늘게 뜨고 교회 쪽을 유심히 살폈다. 자그마한 그림자 하나가 교회 뒤편에서 튀어나오는 것을 할머니는 똑똑히 보았다. 매캐한 냄새와 잿빛 연기가 삽시간에 붉은 하늘을 덮어 버렸다. 교회는 하늘을 모조리 태워 버릴 성냥개비 같았다. 작고 가냘픈 그림자 하나가 불타오르는 검붉은 교회를 뒤로하고 정신없이 뛰어가고 있었다.

조카의 장례식에서 두 아이는 울지 않았다. 조카며느리는 서둘러 살림을 처분하고 서울로 이사했다. 보험금이 어마어마하다고 마을 사람들이 수군댔지만 감히 아무도 소리 높여 말하지 못했다. 망자에 대한 예의 때문이 아니라, 불길해서였다. 미망인과 아비 잃은 아이들은 불쌍한 게 아니라 불길했다. 왜인지는 모르지만 마을 사람 모두가 불길하다는 것을 알고 있었다. 그들이 마을을 떠나자 마을 사람들은 안도의 한숨을 내쉬었다.

"……얼마 전에 대형이를 봤다카는 얘기를 들었다. 사램들 말이 비문도에 대형이가 교회하고 기도원 새로 지었다고 함 놀러 가야겠다고 해 쌓더라. 할매요, 대형이가 아재처럼 목사가 됐다네요, 이라믄서."

"정말 고마워, 할머니."

종손녀 혜정을 닮아 해사하고 맑게 생긴 아이는 그늘 하나 없이 웃었다. 오동 할머니는 준희의 손을 잡고 자꾸만 쓰다듬었다. 저주이든 축복이든, 생에서 한번 일어난 일은 그냥 지나가는 일이 없고 사라지지도 않았다. 잠시 감춰져 있을 뿐 언젠가는 드러나게 되는 것을 그녀는 한 세기 가까운 세월 동안 보고 살았던 것이다.

4장

붉은색의 흐르는 피

준

"며칠째 비가 몹시도 많이 왔어. 나는 내 방에 갇혀 있었어. 엄마의 기분이 좋지 않았기 때문이야. 엄마는 기분이 나쁠 때면 내 방에서 꼼짝도 하지 못하게 했어. 엄마는 내 방 한구석에 과자와 사탕을 산더미처럼 쌓아 놓고는 문을 잠가 버렸지. 나는 오줌이 마려웠고 똥도 마려웠지만 화장실에 갈 수 없었어. 그럴 때는 배가 찌릿찌릿해질 때까지 참다가 결국 그냥 실례하는 수밖에. 사실 나는 괜찮았어. 언젠가는 엄마가 저 문을 열고 들어와 나를 안아 주며 미안하다고 말해 줄 것을 아니까. 그러면 나는 더러워진 몸을 깨끗이 씻은 후에 엄마와 즐겁게 이야기도 하고 맛있는 밥도 먹고 정돈된 방에서 편안하게 잠들 수 있으니까. 그리고 엄마는 날 사랑한다는 걸 알고 있으니까.

　그런데 그날은 이상했어. 그토록 오랜 기간 갇혀 있어 본 적이 없어서였는지도 모르지만, 나는 더 이상 내 방이 편안하지 않았어. 방 한가득 널려 있는 과자 부스러기에 개미 떼가 모여들었어. 참지 못하고 방구석에 실례해 놓은 똥오줌에는 파리 떼가 윙윙 날아다녔지. 과자의 단내와 오물 썩는 냄새가 뒤섞여 세상의 온갖 벌레를 모여들게 하고 있었어. 며칠째 계속 비가 와 눅눅하고 습기 찬 방 안에.

　아마 해가 지면서였을 거야. 몸이 가렵고 머리가 어지러워지면서 계속 토했어. 식은땀이 흐르고 숨 쉴 수가 없어서 뭍으로 끌려 나온 물고기처럼 헐떡거렸어. 나는 벌벌 떨며 방문 앞으로 기어가 처음으로 문을 두드리며 애원했어. 엄마, 용서해 주세요. 제발 날 좀 꺼내 주세요. 아무리 문을 두드려도 엄마는 오지 않았어. 나는 점점 더 절박해졌어. 그 안에 영원히 갇힐 것만 같은 두려움이 덮쳐 왔어. 엄마가 다시는 날 찾아오지 않을 것이라는 확신이 들었지. 나는 소리를 지르고 팔다리를 휘저으며 발작을 일으켰어. 어찌나 요란스럽게 난리를 쳐 댔는지 마침내 엄마가 달려왔어. 엄마는 문을 벌컥 열었고 나는 그대로 달려들어 엄마의 다리를 붙들었어. 죄송해요. 미안해요. 제발, 제발 용서해 주세요. 엄마는 눈살을 찌푸리며 다리를 흔들어 나를 떼어 냈어. 넌 아무리 벌을 받아도 달라지는 게 없구나. 죽을 때까지 이 방에 갇혀 있어야겠다. 엄마는 그렇게 말하고 도로 문을 닫아 버렸어.

나는 아마 많이 울었던 것 같아. 확신할 수는 없어. 거기서부터 기억이 토막토막 끊어지거든. 어쨌든 나는 울었어. 소리를 지르며 악을 쓰고 머리카락을 쥐어뜯으면서, 손톱으로 내 팔에 생채기를 내고 오물 위를 뒹굴면서 울었어. 잠시 후에 방문이 다시 거칠게 열렸어. 엄마는 잔뜩 화가 나 있었어. 전에는 한 번도 그렇게 화난 모습을 본 적이 없었지. 그녀는 언제나 우아하고 조용하게 화를 냈거든. 아무도 모르게, 오직 나만이 알 수 있도록. 그런데 그때는 엄마가 내 두 팔뚝을 붙들고 흔들면서 악을 쓰고 소리 질렀어. 너도, 너도, 엄마처럼 나쁜 아이가 될래? 응? 엄마처럼 마귀가 될 거냐고! 엄마처럼 될 거냐고! 엄마는 내 뺨을 세차게 갈기고는 문을 쾅 닫아 버렸어.

머리에서 무언가가 툭 끊어지는 소리가 났고 눈에서는 번개처럼 강렬한 빛이 명멸했어. 눈에서 피라도 흐르는 것처럼 뿌연 시야에 갑자기 붉은 피가 흩뿌려졌어. 세상이 온통 붉게 변했어. 창밖에서 천둥소리가 요란하게 들려왔어. 비가 계속 퍼부어 대고 있었고 나는 정신을 잃어버렸어.

……내가 깨어난 것은 한참 뒤였던 것 같아. 사방이 어두컴컴했고 쌀쌀한 공기 때문에 몹시 추웠어. 창문이 활짝 열려 있어 비가 들이치고 있었어. 어둠 때문에 아무것도 보이지 않아 바닥을 더듬거렸어. 비 때문인지 온통 축축했지. 나는 겁이 났어. 흐느끼면서

엄마를 부르고 바닥을 더듬더듬 기어 다녔어. 그러다 단단한 것이 손에 잡혔지만 무엇인지 몰라 우물쭈물 만지작댔어. 그때였어. 우르릉, 쾅! 천둥소리와 함께 번쩍하고 번개가 내리쳤어. 순간적으로 시야가 환해졌어. 내가 만지고 있던 것은 엄마의 다리였어. 바닥에 흥건한 것은 빗물이 아니라 핏물이었지. 엄마는 배가…… 배가 이렇게, 배가 양쪽으로…… 어쨌든…… 죽어 있었어. 엄마 옆에 한 사람이 똑같은 모양으로 누워 있었는데…… 그게 누구였는지는 기억나질 않아. 내 몸과 벽과 바닥이 온통 빨갰어. 그래. 붉은 방."

"……끔찍해……."

"글쎄."

준은 담담하게 대답했다.

"놀랍기는 했지만 그렇게…… 끔찍하다거나 그러진 않았어. 그리고 엄마는 입버릇처럼 말했어. 빨리 죽고 싶다고."

"……네가 죽였어?"

"내가 무슨 수로? 말했잖아, 난 갇혀 있었다고."

"넌 아무 짓도…… 안 했어?"

"그냥……."

준은 불안한 눈빛으로 주변을 두리번거렸다.

"지금 생각해 보니까……."

"생각해…… 보니까?"

"엄마가 죽었으면 좋겠다고…… 생각은 했어."

"생각……만?"

준은 슬슬 화가 나기 시작했다.

"그래! 생각만! 그러면 안 돼? 엄마는 자기 멋대로 하고 싶은 대로 다 하고 사는데, 나는 그러면 안 되냐고?"

"……엄마잖……아."

"그러니까!"

준은 벌떡 일어서며 소리쳤다. 손마디가 하얗게 되도록 주먹을 움켜쥐었다.

"엄마는 제멋대로 다 하고 사는데 나는 왜 그러면 안 돼? 죽고 싶다고 입버릇처럼 지껄이더니 결국 그렇게 죽어 버렸는데, 그게 뭐 어때서? 나, 나를 그렇게 괴롭히다 그 꼴로 죽어 버렸는데, 제, 제가 좋을 때만 와서 사랑해 주던 그 여자를 왜 내가 사랑해야 해? 왜 내가 불쌍하게 생각해야 해!"

무거운 침묵이 흘렀다.

"……어쨌든 나는 엄마가 죽은 뒤 자유로워졌어."

한참 뒤에 준이 중얼거렸다. 적막 속에 킥킥거리는 웃음소리가 번졌다. 옆방의 아이가 웃고 있었다.

"입 닥쳐!"

준은 침대에 벌렁 드러누운 뒤 몸을 웅크렸다.

준희

　멀리에서 보는 비문도는 산홋빛을 띠고 있었다. 준희는 갑판에 서서 강한 봄볕을 받아 반짝이는 바다를 내려다보았다. 바다는 잔잔했고 큰 바람도 없었다. 한참 멀어 보이던 섬은 금세 부둣가의 붉은 등대가 보일 만큼 가까워졌다. 갑판 위 중년의 여행객들은 도착하기도 전에 사진을 찍느라 분주했다. 선착장을 살펴보던 준희는 놀라움에 눈을 크게 떴다가 피식 웃고 말았다. 자신이 학교를 떠난 뒤 어떤 일이 있었는지 모르지만, 지금 열렬히 손을 흔들고 있는 저 덩치 큰 녀석이 무사히 화장실을 빠져나온 것만큼은 분명했다.

　"봄방학도 끝인데, 대왕…… 어쩌려고?"

준희가 혼잣말로 중얼거리자 옆에 서 있던 노인이 흘끔 보았다. 마을 주민인 듯한 노인은 보따리를 챙겨 들고 내릴 채비를 하고 있었다. 배가 선착장에 닿자마자 성질 급한 여행객들이 갑판 앞에 줄을 섰다.

제일 마지막에 내린 준희를 대왕이 달려와 얼싸안았다.

"야, 이, 이 미친놈아!"

대왕이 큰 소리로 외쳤다. 준희는 그래그래, 하고 웃으며 대왕의 팔을 떼어 냈다.

"어떠냐! 놀랐지? 응?"

"그래. 네 녀석이 삼촌한테 일러바치는 것쯤이야 충분히 예상했지만, 여기서 보게 될 줄은 정말 몰랐어."

대왕은 준희와 나란히 걸음을 옮기다 입술을 삐죽였다.

"쳇! 너한테 나처럼 정상적인 친구도 하나 있다는 걸 네 삼촌한테 설명하느라 얼마나 애를 먹었는지 알기나 하냐? 응? 내가 이틀 전에 딱! 미리 와서 기다리고 있었지!"

"……삼촌이 여길 순순히 일러 주던?"

"삼촌도 내가 있는 편이 좋겠다고 했어. 네 녀석을 학교로 돌려보내야 하는데 혼자 보내기는 불안하고, 내가 같이 있으면 안심이 되니까."

준희는 참지 못하고 결국 폭소를 터뜨렸다.

"왜 웃냐?"

"아니, 그냥. ……미안!"

준희가 계속해서 쿡쿡거리자 대왕이 인상을 썼다.

"야, 쭈니! 넌 내가 하나도 안 반가우냐?"

"반가울 것까지야 없지만…… 어쨌든 기왕 왔으니까."

"너! 나중에 내 희생과 헌신에 대해 깊이 감사할 날이 있을 거다. 내가 그날 밤새 화장실 변기에 쪼그리고 앉아 있던 걸 생각하면 그냥 확……! 뭐, 멀쩡한 내가 이해해야지."

"꼰대에게는 뭐라 하고 학기 중에 온 거야?"

"네 삼촌이 자알 설명해 주셨다. 우리 꼰대 또, 교회 장로라 목사님이라면 껌뻑 죽으니까. 아! 그리고 멘담 쌤이 너한테 전하라던 메시지가 있다."

대왕은 걸음을 멈추고 흠흠, 목청을 가다듬었다.

"아니, 준희 군! 이러는 건 아니지, 준희 군은 자신이 다 자란 것 같겠지만 아직 한참 어리고 세상이 만만해 보여도 그렇지가 않아, 나중에 후회할 때는 이미 늦은 거고 늦어 버린 일은 돌이킬 수 없어, 순간의 실수 땜에 인생을 말아먹지 말고 얼른 돌아와,라고 하셨다."

"그걸 외웠냐?"

"주옥같은 말씀이지 않냐?"

"그건 모르겠고, 되게 서글프게 들린다."

"그 쌤이 좀, 사람 슬프게 만드는 재주가 있지. 듣다 보면 울고 싶어진달까."

준희는 눈앞에 펼쳐진 마을을 둘러보았다. 옹기종기 모여 있는 가옥들 사이로 벚꽃과 개나리, 유채꽃이 울긋불긋 피어 있었다. 마을 전체를 아늑하게 감싸고 있는 야트막한 비봉산 주위에 여행객들을 위한 둘레길이 뚫려 있어 산홋빛 바다를 느긋하게 감상하며 두어 시간 산책을 즐길 수도 있을 터였다.

"어디서 묵었니?"

"산호 민박이라고, 내가 일일이 살펴봤는데 민박집들 중에 거기 화장실이 제일 깨끗하더라."

"기도원은 어디야?"

"저 산 뒤편에."

"가 봤니?"

"아니, 내가 또 기도원이나 교회 같은 데 알레르기 있잖아."

"그럼 넌 여기 있어. 난 삼촌한테 갈게."

대왕이 준희의 어깨를 잡아 걸음을 멈추게 했다.

"야, 쭈니. 우리 여기서 뜨끈한 매운탕이나 때리고 쫌 놀다가 다음 배 들어오면 돌아가자."

"대왕."

"왜, 인마."

"난 만나야 할 아이가 있어."

"왜 이래, 너! 씨박, 무섭게."

준희가 옅은 미소를 지으며 대왕의 팔을 붙잡아 내렸다.

"넌 얼른 돌아가. 더 이상 우리하고 엮이지 말고."

대왕은 제기랄, 하고 낮게 내뱉었다.

"……그래, 가자고. 같이 준이라는 아이를 만나자! 네가 정말 미친놈인지 아니면 멀쩡한 놈인지 내가 판정을 내려 주마. 내가 기도원이라면 질색이지만 친구를 위해 희생과 헌신으로……."

"대왕!"

준희는 단호하게 말을 잘랐다.

"이건 내 문제야. 주제넘게 끼어들지 마."

대왕은 준희가 몸을 돌려 가는 모습을 멍하니 바라보다 등에 대고 버럭 소리 질렀다.

"야! 이 사이코야! 너 방금 엄청 재수 없었어! 넌 하나뿐인 친구를 잃어버린 거라고!"

준희는 뒤돌아보지 않고 그대로 손을 들어 흔들었다.

"야! 쭌!"

어느새 따라붙은 대왕이 준희를 불렀다.

"우리 방금 절교한 거 아니었니?"

준희가 걸음을 멈추지 않고 물었다. 대왕은 대꾸 없이 한동안 준희와 보조를 맞추어 걸었다.

"쭌!"

"왜?"

"나랑 점심 먹고 가면 안 돼? 매운탕은 일 인분 주문이 안 된단 말이다. 너만 기다리고 있었는데."

"너 어차피 혼자서 이 인분은 거뜬히 먹잖아?"

"……혼자 먹기 싫단 말이야."

준희는 걸음을 멈추었다. 시계를 보며 조금 망설이다가 결국 고개를 끄덕이자 대왕의 표정이 밝아졌다.

"내가 봐 둔 매운탕 집이 있어. 거기가 손님이 제일 많더라. 창가 자리에 앉아서 매운탕이 보글보글 끓는 동안 바다를 바라보는 거야. 어때? 죽이지?"

준희는 피식 웃었다.

"매운탕 집이 어디야?"

준희는 대왕과 함께 해변으로 향했다. 썰물 때가 되면서 물이 빠지고 있었다. 모래사장으로 떠밀려 온 해초 덩어리가 푸른빛으로 번들거렸다. 아직 비수기라 전반적으로 조용하고 차분했지만 여름이면 마을 앞 백사장으로 해수욕객이 찾아드는 곳이라 해안선을 따라 민박 시설과 식당들이 늘어서 있었다. 작은 섬마을치곤 꽤나 관광지 같은 분위기였다.

"자! 바로 여기야!"

대왕은 신이 나서 '형제 횟집' 안으로 앞장서 들어갔다. 입구에 세워진 입간판에는 커다란 궁서체로 '매운탕으로 유명한 집'이라 쓰여 있었다. 대왕의 말처럼 때 이른 점심임에도 빈 테이블이 몇 개 없었다.

"창가 자리는 꽉 찼는데?"

준희의 말에 대왕은 불안한 표정을 지으며 창가 자리에 앉은 손님들을 노려보았다.

"둘인가예?"

테이블 시중을 들던 중년 여자가 다가와서 물었다.

"창가 자리요."

대왕이 무뚝뚝하게 말했다.

"지금 자리 없는데?"

"기다릴게요."

"뭐, 그라든지."

여자는 바삐 주방 안으로 들어가 버렸다. 손님들을 죽 훑어본 대왕은 신발을 벗고 마루 위로 올라가더니 아예 식사가 끝나 가는 테이블 뒤에 자리를 잡고 앉았다. 연인 사이인 듯한 젊은 남녀 한 쌍이 소주를 반주 삼아 식사 중이었다. 대왕이 자신들 뒤에 앉아 팔짱을 낀 채 노려보자 여자가 흘끔거렸다. 남자도 뒤를 돌아봤지만 대왕의 험악한 표정을 보더니 별말 없이 고개를 돌렸다. 카운터 옆에 서 있던 준희는 입술을 씰룩거렸다. 식사를 끝낸 남녀가 일어서자마자 대왕은 방석 하나를 냉큼 가져다가 자리를 맡았다.

"야, 쭌! 얼른 와! 자리 났다!"

대왕이 해맑은 표정으로 준희를 불렀다.

준희와 대왕은 주문한 매운탕을 기다리면서 대왕의 소원대로 바다를 내다보았다. 제철이라며 서비스로 오징어 회가 조금 나오자 준희와 대왕은 두 사람만 아는 농담이 떠올라 낄낄거렸다. 매운탕은 무척 맛있었다. 대왕이 고개를 처박고 땀을 뻘뻘 흘리며 열심히 숟가락질하는 동안 준희는 가끔씩 창밖의 산홋빛 바다를 감상했다.

"이제 가는 거냐?"

계산을 마치고 나온 대왕이 식당 밖에서 기다리고 있던 준희에게 박하사탕 한 개를 건네며 물었다.

"응. 대왕, 잘 먹었어. 맛있더라."

"그치? 섬 떠나기 전에 한 번 더 먹자."

"날 기다리게?"

"당연하지! 네 녀석이랑 함께 학교로 돌아갈 거야."

"학교엔 다시 안 가."

"제길, 또 원점이네."

"그만 가라. 기다리지 마."

"내가 알아서 할 거거든! 기다리든 말든!"

대왕이 잔뜩 심통 난 목소리로 말했다.

"그래그래."

준희가 미소를 지으며 대왕의 어깨를 가볍게 두드렸다. 대왕은 우물쭈물하다가 결국 준희 곁을 떠났다. 준희는 터덜터덜 걸어가는 대왕의 뒷모습을 한동안 지켜보았다. 대왕의 어깨가 축 처져 있었다.

산에는 드문드문 동백꽃이 피어 있었다. 남도에선 꽃들이 부지런히 피어난다고 하지만, 산속에는 아직 새순이 채 돋지 않은 나무들도 있어서 피처럼 붉은 동백꽃은 유난히 눈에 띄었다. 준희가 동백꽃 한 송이를 따 손에 들자 은은한 향기가 피어올랐다. 어딘지 모르게 준과 비슷한 느낌이었다.

그리 높지 않은 산인데도 걸음을 멈추게 할 만큼 아름다운 풍경이 곳곳에 펼쳐져 있었다. 오후가 되자 소나무 가지 사이로 잘게 부서지는 수면이 내려다보였다. 햇살이 수면에 반사되어 반짝이고 있었다. 벼랑 끝에 이는 파도의 흰 포말은 절벽에 핀 노란 생강나무 꽃과 어우러졌고, 그 위 푸른 하늘은 앙상한 나뭇가지와 이름 모를 잡초까지 한 품에 끌어안았다. 준희는 잠시 멈춰 서서 하늘과 바다를 번갈아 보다가 다시 걸음을 옮기곤 했다.

준희가 그렇게 산을 넘는 데는 두 시간 정도 걸렸다. 산 아래 기도원이 눈에 들어오자 준희는 근처 아카시아 나무 밑에 자리를 잡고 앉았다. 백색 기도원 건물은 녹색과 푸른색 천지인 이곳에서 튀어 오르는 팝콘처럼 보였다. 기도원 주위로 계단식 경작지가 펼쳐져 있기는 했지만 마을은 한참 멀었다. 준은 체력이 약해져 산을 넘기 어려울지도 몰랐다. 하지만 섬을 떠나려면 부두가 있는 산 저편으로 함께 가야 했다. 준희는 골똘히 생각에 잠겼다.

새로 지은 건물은 기도원이라기보다는 병원처럼 보였다. 삼촌이 이곳에서 무엇을 할 작정인지 건물만 보아도 알 수 있었다. 삼촌의 사업 파트너 중에 나이 들어 은퇴한 정신과 전문의가 있었다. 그를 통해 삼촌은 다량의 약물을 손쉽게 구입해 기도와 함께 처방했었다. 삼촌을 만나러 기도원으로 벤츠를 몰고 온 그를 준희도 한번 본 적이 있었다. 준희가 기도원에 온 지 얼마 안 되어서였다. 그는 반말로 인사하던 준희를 차가운 눈빛으로 노려보았었다. 은퇴 후 투자를 잘못해 알거지가 되었다는 그 늙다리 퇴물 의사가 여기까지 따라 내려온 것일 수도 있다고 준희는 짐작했다.

준희는 가방을 열어 생수 통을 꺼냈다. 단숨에 벌컥벌컥 물을 들이켠 뒤 빈 통을 가방에 챙겨 넣으려다 다시 한 번 기도원 건물을 내려다보았다. 준희는 빈 통을 저 멀리 휙 집어 던지고는 더위 때문에 벗어 둔 야상 점퍼 호주머니를 뒤적거려 몇 번 접힌 복사지를 끄집어냈다. 준희는 지난 일 년 동안 몇십 번이나 읽어 이제는 외울 수도 있는 신문 기사를 소리 내어 읽었다.

9일 저녁 7시께 경상남도 남해군 △△리의 교회에서 불이 나 2시간여 만인 밤 9시경에 꺼졌다. 불은 목조 건물의 내부(179㎡)와 의자 및 집기 등을 모두 태웠다. 불행히도 마침 안에 있다 미처 피하지 못한 목사 장 모 씨(45세)가 불에 타 숨지는 일이 발생했다. 경찰과 소방 당국은 "누군가 교회 뒤편에 쌓아 둔 종이 상자에 일부러 불을 질렀고 그 불이 교회 안으로 옮겨붙었다."는 최초 목격자, 장 씨의 차남 장 모 군의 진술을 토대로 정확한 화재 원인을 조사 중이다.

준희는 종이를 접어 가방 깊숙이 집어넣었다.

준

한번 끓어오른 분노는 가라앉지 않았다. 마치 가슴속에서 꼬리에 불이 붙은 성난 망아지가 날뛰는 것 같았다. 준은 뜬눈으로 밤을 지새우며 아침 배식 시간만을 기다렸다. 누구에게든 본때를 보여 줄 생각이었다.

"난 그들을 가만두지 않을 거야!"

간밤에 준은 옆방의 아이에게 말했다.

"만일 그들이 준희마저 괴롭힐 작정이라면 내게도 생각이 있다는 걸 보여 줘야지! 그들이 준희를 마음대로 하게 놔두지는 않을 거라고!"

옆방의 아이는 준의 발작 이후 통 말이 없었다. 하지만 준은 상관하지 않았다. 더 이상 빌빌대며 나약하게 굴 생각은 없었다.

아침이었다. 준은 배식 구멍 앞에서 대기하고 있었다. 덜컹하고 구멍이 열리자마자 준은 밖으로 손을 불쑥 내밀었다. 밖에서 당황했는지 식판이 들어오지 못한 채 몇 초의 시간이 흘렀다.

"내가 손을 빼기 전에는 구멍을 닫지 못하겠지? 내 손을 잘라 버리기 전에는 어림없을 거야!"

"……원하는 게 뭐니?"

지연 씨였다. 준은 새삼 그녀에 대한 증오로 가슴이 타 버릴 것 같았다.

"준희! 난 그 아이에게 비밀을 털어놓을 거야! 당신들의 편지를 읽었거든! 당신들은 나를 바보 취급하며 곧 잊어버릴 거라고 했지만 난 글자 하나까지 모조리 기억하고 있어! 준희가 그렇게 사랑해 마지않던 엄마가 실은 그 아이를 무시하고 방치했잖아! 준희는 그 사실을 잊어버린 거지? 당신들이…… 나한테도 쓴 그 이상한 약물을 써서 기억을 지운 게 틀림없어! 하지만 나는 당신들의 더러운 수에 호락호락 놀아나지 않아! 나는 기억을 모조리 되찾았거든! 준희는 이곳으로 오고 있어. 나는 알 수 있어. 그 애가 아주 가까이에 있다는 걸 분명히 느낄 수 있다고! 준희가 당신들 손에 힘없이 당하게 두지 않을 거야, 절대로!"

훗 하고 지연이 코웃음 치는 소리가 들려왔다.

"기억을 모조리 되찾아? 네가?"

"그래! 난, 난 다 기억났어. 어, 엄마가 어떻게 날 괴롭혔는지, 그
러다 어떤 꼴로 죽었는지 다 기억났다고. 엄마가 그렇게 죽은 게
왜 내 잘못이야? 왜 내가 벌을 받아야 해? 그 여자는 그렇게 죽을
만했어!"

"저런……."

지연이 한숨을 내쉬었다.

"그 많은 기도와 간구로도 넌 달라지는 게 없구나. 불쌍한 녀
석."

"그 수많은 약물로도 날 길들이지 못한 거겠지! 이 악마들! 준희
가 오기만 하면, 오기만 하면……."

준희의 이름을 말하는 것만으로도 준은 목이 메었다. 준은 눈물
을 삼키려고 애썼지만 결국 목젖을 타고 흐느낌이 북받쳤다.

"오기만 하면? 응? 대체 준희가 너한테 뭘 해 줄 수 있을 것 같
니? 준희가 이렇게라도 살 수 있는 건 삼촌이 아량을 베풀었기 때
문이야. 왜 은혜에 감사할 줄 모르지?"

"입 닥쳐! 준희에 대해 함부로 말하지 마!"

"계속 그러든 말든 마음대로 해. 난 더 이상 너랑 한가하게 이러
고 있을 시간이 없단다, 얘야."

지연이 식판을 도로 집어 들고 자리를 뜨려는 게 느껴졌다. 준은
문에 머리를 들이받으며 비명을 지르기 시작했다. 준의 입에서 자
신이 알고 있는지도 몰랐던 온갖 상스러운 욕이 튀어나왔다. 머리

가 깨져 피가 흘러내렸다. 당황한 지연이 준의 손을 밀어 넣으려고 안간힘을 썼지만 준은 주먹을 불끈 쥔 채 있는 힘을 다해 버텼다. 준의 비명과 욕설이 복도에 메아리처럼 울려 퍼졌다. 곧 여기저기서 아이들의 비명과 웃음소리가 터져 나왔다. 지연이 다급하게 복도를 뛰어가는 소리가 들렸다. 잠시 뒤 어지러운 발자국 소리와 함께 벌컥 문이 열렸다. 누군가 우악스럽게 준의 팔뚝을 붙들었다. 준은 버둥대면서 손톱을 세워 되는대로 할퀴어 댔다. 누군가 준의 뺨을 세차게 갈겼다. 팔뚝에 따끔하는 불쾌한 감각이 느껴짐과 동시에 준의 몸에서 힘이 빠져나갔다. 다음 순간 준은 정신을 잃었다.

"어설프게 기억을 찾아 저 모양이에요. 차라리 확실하게 아는 게 낫지 않을까?"

준의 귀에 지연의 목소리가 들렸다. 준은 눈을 꾹 감은 채 여전히 정신을 잃은 척했다.

"글쎄다, 그렇다 한들 저 아이가 잘못을 뉘우치고 회개할 것 같진 않은데? 저 아이는 태생부터 문제가 많아. 그 엄마에 그 자식이랄까."

준희 삼촌의 목소리였다.

"하지만 계속 이런 식으로 내버려 둘 수는 없어요. 무슨 사고라도 치면 그땐 어떡하죠?"

그때 문이 열리며 누군가가 방 안으로 들어오는 소리가 들렸다.

"어서 오세요."

"대체 아침부터 이게 무슨 소란이요?"

오랜 시간 흡연을 했거나 성대가 약한 노인이 낼 법한 목소리였다. 준은 처음 듣는 목소리였지만 준희 삼촌의 목소리처럼 왠지 낯설지가 않았다.

"저 아이 때문에요."

준은 눈을 감고 있어도 방 안의 사람들이 전부 자신을 바라보고 있다는 것을 느낄 수 있었다. 준은 깊이 잠든 것처럼 보이려고 최대한 몸에 힘을 뺐다. 짜증스럽다는 듯 혀를 차는 소리가 들렸다.

"장 원장이 너무 풀어 놔 주니 애가 저 모양이지 않소?"

"맞아요, 주 박사님. 저도 원장님한테 몇 번이나 그러시면 안 된다고 말씀드렸는데……."

"그 얘기는 이제 그만합시다. 주 박사님도 약물 양만 늘릴 게 아니라 방법을 달리하셔야겠습니다."

"장 원장, 지금 나한테 책임을 전가하는 건가? 응?"

주 박사라는 사람이 이 일을 얼마나 귀찮아하는지 목소리만 듣고도 알아차릴 수 있었다.

"그럴 리가요."

삼촌의 담담한 대답 속에는 조금의 흔들림도 없었다.

"하지만 당신을 대체할 적임자가 없을 것이라 생각한다면 오산이라는 말씀은 드리고 싶군요. 사람은 어디에나 있고 주님께서는 필요한 곳에 어김없이 도움의 손길을 내미시니까요. 이곳은 저번 기도원과 다른 식으로 운영되길 바란다고 제가 이미 누차 말씀드렸을 텐데요? 따를 생각이 없다면 지금이라도 돌아가시면 됩니다."

방 안에 잠시 정적이 흘렀다.

"……누가 그런댔나? 사람이, 참. 나도 어떤 식으로든 이곳에 도움이 된다면야 좋지……. 사실 이렇게 좋은 사업에 봉사하며 말년을 보내는 게 얼마나 보람 있는 일인가, 안 그런가?"

"그렇죠."

삼촌의 목소리는 여전히 싸늘했다.

"달리 방법을 찾아보실 거죠?"

"그야……."

노인은 허허하고 성마른 웃음을 웃었다.

"장 원장도 요즘 기도가 부실한가? 더욱 기도에 힘써야겠네, 응?"

"그럼 그렇게 알고 있겠습니다. 치료 계획이 나오면 먼저 저랑 의논하시고요."

"……그럼세."

"아침 식사 하셔야죠, 주 박사님."

지연이 상냥한 목소리로 말했다.

"아침에 쇠고기 뭇국을 끓였는데. 일전에 무척 맛있게 드셨잖아요?"

"아, 그럼! 자네 국이야, 뭐⋯⋯."

노인은 연신 웃어 가며 지연의 요리 솜씨에 대해 칭찬을 늘어놓았다. 세 사람이 방을 나가는 소리가 들렸다. 방문이 덜컥 닫히자 준은 눈을 떴다.

준희

"정신이 드나?"

준희는 자꾸만 무겁게 내려앉는 눈꺼풀을 힘겹게 들어 올렸다.

"어떠냐? 머리가 많이 아프지?"

"······삼촌?"

"그래. 좀 어때?"

준희는 눈을 뜨고 주변을 둘러보았다. 잔꽃 무늬 벽지가 깨끗이 도배되어 있었지만 전체적으로 병실처럼 살풍경한 느낌을 주는 방이었다. 준희의 팔뚝에 링거 줄이 꽂혀 있었다.

"영양제와 수액이다. 며칠 동안 고열에 시달리고 아무것도 먹질 못했어."

준희가 불안한 시선으로 링거병을 쳐다보자 삼촌이 설명했다.

"이게…… 대체 어떻게……."

"어디까지 기억나니?"

준희는 눈살을 찌푸리며 기억을 더듬어 보았다.

준희는 산속에서 해가 지기를 기다리고 있었다. 산에서 내려가는 순간 가장 무서운 괴물과 마주쳐야 했다. 평생 피할 수만 있다면 피하고 싶은 상대를 만나 대체 뭘 할 수 있을까, 기다림의 시간이 길어지자 자꾸만 나약해졌다. 나는 강하다, 라고 준희는 계속해서 되뇌었다. 그럼에도 용기가 솟았다 움츠러들기를 반복했다. 준희도 알고 있었다. 세상은 바라는 대로의 모습이 아니고, 사람도 원하는 대로의 모습이 아니었다.

"네가 때로 발작을 일으킨다는 것은 알고 있니? 특히 피곤하거나 스트레스가 많은 상황이면 심한 발작을 일으키곤 해. 너 혼자 여기까지 찾아오면서 제대로 먹거나 자지 못했을 거고, 정신적인 부담감도 컸겠지. 네가 산속에 쓰러져 있는 걸 지나가던 여행객이 발견해서 가까운 이곳으로 업고 왔다. 학교를 빠져나갔다는 소식을 듣고 널 기다리고는 있었다만, 그런 꼴로 올지는 몰랐지. 최근엔 꽤나 안정적이었으니까 말이야."

"거짓말. 나는 그런 기억이 없어."

"기억하기 싫은 건 아니고? 네가 정말 기억을 못 하는 건지 확실히 믿지는 못하겠구나. 하지만 네가 어머니를 잃고 나서 지속적으로 발작을 일으킨 것은 확실하다. 진료 기록도 있으니 원하면 보여 주마."

"사기꾼이 만들어 낸 가짜 기록을 내가 믿을 줄 알고?"

삼촌은 팔짱을 낀 채 속을 알 수 없는 표정으로 준희를 내려다 보았다.

"네 반말."

"……그게 뭐?"

"네 어머니와 난 어렸을 때 철저한 예절 교육을 받았다. 마을 사람 모두가 집안의 어른이고 친척이었으니 행동거지에 더욱 제약이 많을밖에. 특히 아버지 앞에서 버릇없는 말투가 실수로라도 튀어나오는 날엔 종아리에 피멍이 들었지. 당시 누이는 깡마르고 연약한 소녀였는데 일부러 말실수를 해 놓고는 아야 소리 한 번 없이 종아리를 맞았다. 네 반말에서는 그때의 누이가 느껴져. 자신의 흔적을 이런 식으로 남겨 놓다니, 누이도 참 어지간하군."

"……삼촌이 틀렸어."

"지금 네 엄마를 감싸는 거냐?"

준희는 피식 웃었다.

"엄마는 어른에게 반말해도 된다고 가르친 적 없어. 오히려 삼촌만큼이나 질색했지. 내가 어른들에게 버릇없이 굴기라도 하면 불같이 화를 냈어. 자기 아들이 막돼먹은 집 애처럼 보이는 게 싫다나. 누가 우리 집 따위에 관심이나 갖는다고."

"……그러면 왜……."

"그야 특이한 엄마가 특이하게 가르쳤다고 하면 다들 입을 다무니까."

"……영악하군."

"그럴지도 모르지."

준희는 인상을 쓰며 이마 부분을 만져 보았다. 계속해서 그 부분이 욱신거렸던 것이다. 손으로 더듬더듬해 보니 커다란 반창고가 붙어 있었다.

"이게 뭐지?"

"발작을 일으키며 쓰러질 때 바위에 머릴 부딪친 모양이야. 몇 바늘 꿰매야 했다."

골똘히 생각에 잠겨 있던 준희는 그제야 알겠다는 듯 만족스러운 표정으로 고개를 끄덕였다.

"그래! 기억나. 뭔가에 세게 부딪쳤는지 엄청나게 아팠어. 그러고는 정신을 잃었지."

"……기억이 난다니 다행이로구나."

삼촌은 준희를 탐색하듯 찬찬히 살펴보며 대꾸했다.

"난 쓰러지지 않았어. 물론 발작을 일으키지도 않았고. 그저 누군가에게 머리를 얻어맞고 정신을 잃었을 뿐이야. 삼촌은 대체 누가, 왜 그랬다고 생각해?"

삼촌은 무표정한 얼굴로 어깨를 으쓱했다.

"삼촌은 그때 뭘 본 거야?"

"……무슨 소리지?"

"경찰과 소방 당국은 누군가 교회 뒤편에 쌓아 둔 종이 상자에 일부러 불을 질렀고 그 불이 교회 안으로 옮겨붙었다는 최초 목격자, 장 씨의 차남 장 모 군의 진술을 토대로 정확한 화재 원인을 조사 중이다."

준희는 책을 읽듯 기사문을 외어 댔다.

"교회 뒤에 쌓아 놓은 종이 상자에 누가 불을 붙였는지 삼촌은 봤잖아? 하지만 아무리 그 후의 자료를 뒤져 봐도 삼촌 진술이 기록된 내용은 없었어. 사회면 기삿감인데 말이야. 왜 아무것도 보지 못했다고 말을 바꿨어?"

"……옛날 일이라 잊어버렸다."

"거짓말."

"쉬어라. 이따 지연이가 죽을 좀 가져다줄 거다."

준희는 억지로 몸을 일으켰다. 머리가 욱신거리고 쑤시면서 눈앞에서 천장이 빙그르르 돌았다.

"준은?"

돌아서 나가려던 삼촌이 순간 멈칫했다.

"나. 는. 너. 를. 여. 기. 에. 가. 둘. 수. 있. 다."

삼촌은 말을 천천히 꼭꼭 씹듯 뱉어 냈다.

"너에게 정신적인 문제가 있다는 증거는 차고도 넘친다. 나. 는.

네. 가. 평. 생. 여. 기. 에. 만. 있. 게. 만. 들. 수. 도. 있. 다. 그런 불행을 피하려면 방법은 단 하나뿐이다. 몸이 회복되는 대로 여길 떠나 친구와 함께 학교로 돌아가라. 그리고 다시는 돌아오지 마. 내가 너에게 주는 마지막 기회다. 더 이상은 없어."

"준과 함께 가게 해 주면 그럴게. 다시는 돌아오지 않을 거고 삼촌을 찾지도 않을 거야. 너를, 여기를 완전히 잊어버릴게."

"저런."

삼촌이 끌끌 혀를 찼다.

"넌 방금 마지막 기회를 날려 버렸다."

삼촌은 그 말을 끝으로 방을 나가 버렸다.

준

　준은 눈을 뜨고 주변을 둘러보았다. 잔꽃 무늬 벽지가 깨끗이 도배되어 있었지만 전체적으로 병실처럼 살풍경한 느낌을 주는 방이었다. 준은 팔뚝에 꽂혀 있는 링거 바늘을 뽑아 버렸다. 억지로 몸을 일으킨 뒤 침대 헤드 보드에 몸을 기대고 숨을 몰아쉬었다. 무슨 약을 썼는지 몸에 힘이 들어가질 않았다. 준은 인상을 쓰며 이마 부분을 만져 보았다. 계속해서 그 부분이 욱신거렸던 것이다. 손으로 더듬더듬해 보니 커다란 반창고가 붙어 있었다. 머리로 문을 계속 들이받던 일이 떠올랐다. 그때는 정신이 없어 몰랐는데 혹이 나고 피부가 찢어진 모양이었다.

　"그때부터 며칠이나 지난 거지?"

준은 불안해졌다. 시간 감각을 잃었다가는 금세 모든 것이 불확실해지고 현실의 경계 역시 모호해질 것이었다. 지금 이 순간도 혼수상태에서 꾸던 흐릿한 꿈의 연속인지, 아니면 정말 정신을 차린 것인지 확실치가 않았다. 준은 귓가에서 들려오던 목소리들을 생각했다. 지연 씨와 삼촌뿐 아니라 주 박사라는 사람까지 자신에 대해 이야기하고 있었다. 지연 씨가 뭐라 그랬더라, 어설프게 기억을 찾아 이 모양이라고 했다. 삼촌은 어차피 진실을 알아도 달라질 것이 없을 것이라고 했다. 태어날 때부터 문제가 많은 아이. 준은 그런 말이 아직도 자신을 상처 줄 수 있다는 사실에 조금 놀랐다. 늘들어 왔음에도 여전히 마음이 아팠던 것이다.

준은 창밖으로 시선을 돌렸다. 쇠창살이 덧대어 있긴 했지만 창의 크기가 예전에 갇혀 있던 방보다 훨씬 큰 데다 유리도 투명해서 밖의 풍경을 내다볼 수 있었다. 푸른 하늘과 저 멀리서 반짝이는 바다가 보였다. 준은 바다 내음과 신선한 공기를 느껴 보려는 듯 숨을 깊이 들이마셨다. 그러고는 발을 침대 밑으로 내디디며 창 쪽으로 팔을 뻗었다. 하늘과 조금이라도 가까이 있고 싶었다.

"벌써부터 그렇게 움직이면 안 돼."

준은 고개를 돌려 지연을 바라보았다. 그녀는 죽 그릇을 쟁반에 받쳐 들고 문 앞에 서 있었다. 준의 눈에 맺혀 있는 눈물을 보고 지연은 한숨을 길게 내쉬었다.

"왜 우니?"

지연이 쟁반을 침대 옆 간이 테이블에 내려놓으며 물었다. 그녀는 준의 시선을 피하고 있었다.

"여기를 나가고 싶어요. 여긴…… 너무 끔찍해……."

지연이 침대 발치에 걸터앉았다.

"그럼 말을 잘 들어야지."

"말만 잘 들으면 돼요?"

"그래."

"……거짓말."

"뭐?"

"어차피 내보내 줄 생각이 없잖아요?"

"……준희에 대해 알고 싶니?"

"그게 무슨 소리예요?"

"너, 편지를 몰래 훔쳐 읽었잖아. ……신기한 건 네가 그 편지를 여전히 기억하고 있다는 거야."

"난 준희에 관한 건 하나도 잊어버리지 않아요!"

지연은 뭔가 깨달은 듯 아, 하고 감탄사를 내뱉으며 고개를 끄덕였다.

"그렇구나. 준희 일이라 여전히 기억하고 있는 거였군. 그래, 그렇다면 가능한 일이지……."

준은 지연의 말뜻을 이해할 수 없었다.

"배고프지 않니? 링거도 빼 버렸네. 그거 영양제랑 수액이니까 안심하고 맞아도 되는데. 너, 여러 날 혼수상태였어.”

“난 괜찮아요. 그것보다 준희 얘기는 뭐죠?”

지연은 망설이고 있었다. 준은 초조한 심정으로 그녀의 대답을 기다렸다. 지연이 일어나더니 준의 옆으로 다가와 허리를 굽히고 속삭이듯 말했다.

“죽을 먹은 뒤 약도 먹어. 말 잘 듣고 얌전히 있으면 저녁때 네가 읽다 만 편지를 가져다줄게.”

“저, 정말이에요?”

“그래.”

지연은 돌아서 나가려다 준의 침대 시트가 구겨진 것을 보고 편편하게 매만져 주었다. 그 손길이 다정스러워 준은 혼란을 느꼈다.

지연이 방을 나간 뒤 준은 죽 쟁반을 들어 무릎 위에 올려놓았다. 위에 부담이 가지 않도록 묽게 끓인 쌀죽이라 쇠약해진 상태에서도 그릇을 비울 수 있었다. 준은 죽 그릇 옆에 있는, 알약 세 개가 담긴 약봉지를 심란하게 바라보다가 결국 약을 꺼내 입에 털어넣었다. 그러고는 다시 침대에 누워 질리지도 않고 창밖의 푸른 하늘을 계속 응시했다. 하늘에 떠 있는 조각구름조차 눈이 부셨다.

방 하나는 달콤한 박하사탕 하얀색,

방 하나는 바삭한 젤리 쿠키 황색,

방 하나는 부드럽게 휘어지는 나뭇가지 밤색,

방 하나는 단단하고 질긴 가죽 혁대 갈색,

방 하나는 흐린 하늘 회색,

방 하나는 쓰린 멍 푸른색,

방 하나는 흐르는 피 붉은색,

그러고도 내게는 많은 방이 남아 있어,

붉은 방에 귀여운 인형을 갖다 놓아야지,

붉은 방에 있으면 온몸이 축축해지는 거야,

붉은 방 한구석에 실은 통로가 있어, 어디로든 마음껏 갈 수 있는 신기한 통로야…….

준은 저녁때까지 한 번도 깨지 않고 곤하게 잤다. 머리맡에서 달그락거리는 소리가 어렴풋이 들렸지만 눈을 뜰 수 없었다. 몸이 땅밑으로 쑥 꺼지기라도 할 것처럼 무거웠다.

준이 잠에서 깨어났을 때 간이 테이블에 놓인 스탠드 불빛이 어두운 방 안을 희미하게 빛내고 있었다. 그사이 지연이 다녀갔는지 죽 쟁반이 바뀌어 있었다. 준은 쟁반을 살펴보았지만 푸딩 한 그릇이 더해진 것 말고는 오전과 다를 것이 없었다. 실망감에 다시 누우려다가 준은 혹시나 하고 쟁반을 들어 보았다. 세로로 접힌 편지가 놓여 있었다. 준은 서둘러 편지지를 펼치고 일전에 읽다가 멈춘 부분을 찾아냈다.

……여하튼 장혜정 씨가 사건이 일어나기 얼마 전 한국으로 돌아오면서 다시 사건을 추적할 실마리를 얻을 수 있었습니다.

장혜정 씨가 C 시에 세 든 집은 한때 부촌이었던 구시가지의 3층짜리 단독 주택입니다. 그때 이미 퇴락하여 개발을 앞두고 동네의 웬만한 집들이 거의 비어 있었던 상태라, 이웃이라야 그 집으로부터 수백 미터 정도 떨어진 곳에 겨우 있었습니다. 지어진 지 이십 년 가까이 되다 보니 낡기는 했지만 갖춰진 방만 열두 개인 대저택입니다. 주인은 집을 전혀 손보지 않은 상태에서 싼값에 세를 놓았다고 합니다. 작긴 해도 아늑하고 깨끗한 집을 선호하던 장혜정 씨가 귀국하자마자 그런 집을 얻은 것에서 몇 가지 추측이 가능할 것입니다.

우선 장혜정 씨는 새로운 생활에 많은 방이 필요하다고 느꼈으며 외딴곳을 원했습니다. 준희 군이 사용한 방은 넓긴 했지만 창이 북쪽을 향해 있어 해가 거의 들지 않았고 3층 구석에 있었습니다. 장혜정 씨는 1층에 있는 방을 사용했으니 사실상 두 모자가 한집에서 각자 살았다고 해도 무리가 없을 것입니다.

그녀는 알려진 대로 일식 요리사인 성주현과 연인 관계이긴 했지만 다른 남자들과도 자유롭게 연애했습니다. 이전의, 비록 오래 지속되는 관계는 아니었어도 일정한 상대에게 충실했던 것과는 다른 형태입니다. 삼 년간 그녀의 대저택을 거쳐 간 이십여 명의 남자들에게선 어떠한 공통분모도 찾을 수 없었습니다. 이웃과의 교류도 전무해 그녀와 관계를 맺은 남자들로부터 어렵사리 정보를 얻었습니다. 그들과의 대화를 녹음한 파일 또한 USB에 담아 보내 드립니다.

여기에서 주목할 것은 그들 대부분이 아들 준희 군의 존재를 전혀 모르고 있었다는 점입니다. 장혜정 씨는 소소한 생활용품은 전부 인터넷을 통해 구입했습니다. 이제껏 장혜정 씨의 생활 방식이 일반적이지는 않아도 뭔가를 감추려는 듯한 제스처는 한 번도 감지된 적이 없는바, 이 무렵부터 그녀의 일상에 균열이 일어나기 시작했음을 알 수 있습니다. 그녀는 가벼운 감기 몸살로 근처 이비인후과를 찾은 것 이외에는 병원을 이용한 적이 없으며 그나마 아들 준희 군의 진료 기록은 아무것도 남아 있지 않았습니다. 원장님께서 궁금해하시던 장혜정 씨의 생전 상태는 이러한 단서를 통해 추측하시는 것 말고는 뾰족한 방법이 없는 것으로 보입니다.

사건이 일어난 날 밤, 성주현이 찾아와 두 사람이 크게 다퉜다는 것 역시 경찰의 추측에 불과합니다. 아무리 주변을 샅샅이 뒤져 보아도 큰 소리를 내며 싸운 것을 들은 사람도 없을뿐더러 목격자 역시 준희 군을 제외하고는 찾아낼 수 없었습니다. 하지만 아시다시피 준희 군은 충격으로 인한 기억 상실로 인해 당시의 상황을 전혀 기억하지 못하고 있으므로 경찰은 현장 조사와 정황 검토를 통한 합리적 추론으로 사건을 종결지을 수밖에 없었던 것으로 보입니다.

우선 현장 상황을 살펴보자면 기사에 실린 대로 외부 침입의 흔적이 전혀 없고 도난당한 물건도 없었습니다. 성주현은 그날 저녁 7시쯤 집으로 왔고 장혜정 씨가 직접 문을 열어 주었습니다. 두 사람은 성주현이 가져온 초밥 도시락으로 저녁 식사를 마치고 두 시간 후에 사망한 것으로 되어 있습니다. 당시 두 사람을 부검한 검시관의 소견에 따라 자상의 흔적과 장의 절단면을 분석해 본 결과 장혜정 씨가 아래쪽에서, 즉 앉아 있는 상태로 성주현의 늑골 주위를 여러 차례 찔러 장기를 심각하게 손상시켰고, 이에 성주현은 저항하는 와중에 흉기(성주현이 주방에 가져다 놓은 일식 요리사용 칼입니다)를 빼앗아 장혜정 씨의 복부를 난자한 것으로 보입니다. 입수한 검시 소견서를 함께 보내 드립니다.

두 사람 다 장기 손상에 의한 과다 출혈로 사망한 것은 확실하지만 문제는 최초 가해자인 장혜정 씨가 앉은 상태로 건장한 남성의 몸에 그만큼 상처를 입힐 수 있느냐 하는 것입니다. 또한 장혜정 씨의 복부 상처도 성주현의 신장보다 훨씬 낮은 위치에서 가격해 들어온 것으로 추정되었습니다. 두 사람 다 앉은 채로 그토록 격렬한 몸싸움을 했다는 의미인데, 검시관은 회의적이었습니다. 게다가 앉아 있는 상태로 칼이 들어온 자국치고는 입사각이 지나치게 일정하다는 점도 확실한 결론을 내릴 수 없게 만들었습니다. 검시관들끼리는 이 사건을 '난쟁이 살인 사건'이라 불렀다고 합니다. 준희 군이 사건의 용의자로 떠오른 것은 바로 그 때문입니다. 당시의 현장 상황을 찍은 사진을 경찰에서 입수했습니다. 함께 보내 드립니다.

원장님께서도 아시다시피 당시 준희 군은 체격이 무척 왜소했습니다. 또래 평균을 훨씬 밑도는 신장과 몸무게였음은 물론이고 사건 이후 행해진 검사에서도 여러 심각한 건강상의 문제가 발견되었습니다. 장혜정 씨가 아들을 제대로 돌보지 않고 방치해 두었다는 것은 당시 준희 군의 신체검사 표를 확인해 보시면 아실 수 있을 것입니다. 이것 역시 함께 보내 드립니다.

준희 군이 용의 선상에 잠시 올랐다가 금세 제외된 것은 바로 그 체격 조건 때문입니다. 두 사람의 상처는 준희 군 정도의 신장을 지닌 상대가 공격했음을 입증하는 동시에 준희 군이 지닌 완력 정도로는 도저히 그런 일을 벌일 수 없음을 증명하고 있는 것입니다. 준희 군의 나약한 몸에 다른 무언가가(끔찍하게 강하면서도 잔인하고 사악한 무엇이) 들어온 게 아니라면 불가능한 상황인 데다, 피에 젖은 흉기에서는 그 누구의 지문도 검출되지 않아 사건은 그대로 미궁에 빠지고 말았습니다. 경찰에서 장혜정 씨의 복잡한 남자 관계를 들어 성주현과의 치정 살인으로 마무리 지은 것은 원장님의 염려와는 달리 경찰이 무능해서가 아닙니다. 그것이 현실에서 내릴 수 있는 단 하나의 합리적인 결론이기 때문입니다.

원장님께서 이 사건을 좀 더 자세히 조사해 달라 제게 의뢰하시면서 준희 군과 장혜정 씨의 관계를 특히 주목해 달라고 부탁하셨음에도 좀체 갈피가 잡히지 않았습니다. 장혜정 씨를 좋은 엄마로 기억하는 주변인들도 꽤 있었고, 반대로 그녀가 몹시 불안정한 사람이었다고 기억하는 주변인들도 많았습니다. 양자에서 힘겹게 균형을 지키던 그녀는 마치 어둠을 불러들이는 사람처럼 서서히 메말라 갔고 아무도 살고 싶어 하지 않는 폐가에 자신의 가정을 꾸렸으며 정체를 알 수 없는 존재에게 죽임을 당했습니다. 제가 조사해 알아낸 것은 이게 전부입니다.

사족을 하나 덧붙이자면, 준희 군이 마지막으로 살았던 낡고 음산한 저택을 둘러본 뒤 얼마 전에 만나 본 준희 군의 미소가 뇌리에서 떠나지 않습니다. 불행하고 불쌍한 아이입니다. 차라리 기억을 잃어 다행이라는 생각이 들었습니다. 동봉한 각종 서류와 사진의 처리는 원장님께서 알아서 해 주십시오. 대개 불법적인 경로를 통해 입수한 것이니 은밀하게 처리하셔야 합니다.

그럼, 이만.

준은 한참을 멍하니 앉아 있다가 편지를 접어 환자복 웃옷의 주머니에 집어넣었다.

준희

준희는 어느새 잠이 들어 새벽녘에야 깨어났다. 간이 테이블의 스탠드 불빛이 동트기 전의 어두운 방 안을 희미하게 비추고 있었다. 지연이 다녀갔는지 죽 쟁반이 테이블 위에 놓여 있었다. 준희는 몸을 일으켰다. 여전히 머리가 욱신거리기는 했지만 낮 동안 나른했던 기운은 많이 나아진 상태였다. 죽 그릇을 보자 허기가 느껴져 준희는 쟁반을 무릎 위에 올려놓고 쌀죽을 한 숟가락 떠 입에 넣었다. 그릇을 깨끗이 비운 뒤 푸딩까지 먹고 나자 더욱 힘이 났다. 낮에는 몰랐는데, 창이 제법 커서 쇠창살 사이로 바깥 풍경이 보였다. 어두운 밤바다 저 멀리에 등대 불빛이 반짝였다. 파도 소리가 쉼 없이 들려오는 밤이었다. 준희는 한동안 가만히 앉아 파도 소리에 귀를 기울였다. 준희의 뺨으로 눈물 줄기가 흘러내렸다.

파도는 노래하고 준희는 울었다.

준희는 침대 밖으로 나왔다. 생각보다 몸이 가볍게 움직여 다행이었다. 방에 딸린 작은 화장실에는 세면대와 샤워기, 그리고 변기가 구비돼 있었다. 준희는 소변을 본 뒤 손을 씻었다. 세면대 위의 거울 속에는 창백한 낯빛을 한 잘생긴 소년이 백열등 밑에서 슬픈 표정을 짓고 있었다. 자신의 얼굴은 기억 속의 어머니를 점점 더 닮아 갔다. 준희는 이마 부근의 반창고를 살짝 떼 보았다. 상처를 꿰맨 검은 실과 푸른 멍, 그리고 붉은 핏자국이 뒤엉켜 있었다. 불룩 튀어나온 혹 때문에 눈썹을 움직일 때마다 묵직한 통증이 느껴졌다. 준희는 인상을 찌푸리며 반창고를 다시 붙였다.

준희는 방을 나와 조용히 문을 닫았다. 어두운 복도에 늘어선 문들을 차례로 열어 보았지만 방은 모두 비어 있었다. 복도 끝의 철문은 밖에서 잠긴 채였다. 준희는 할 수 없이 다시 방으로 돌아왔다. 삼촌의 엄포처럼 자신은 갇혀 있었다.

준희는 지연을 기다렸다. 부지런한 그녀는 해가 뜨자마자 아침 식사를 가져다줄 것이므로. 동녘 하늘에 해가 떠오르고, 바다의 검은빛이 서서히 푸르게 변해 갔다. 복도 끝 철문이 열리고 지연이 복도를 타박타박 걷는 소리가 들렸다.

"어머나! 일어나 있었구나!"

지연은 침대에 앉아 있는 준희를 보고 밝은 목소리로 말했다. 준희는 미소를 지었다.

"죽도 다 먹고. 기특해라. 약은 왜 안 먹었니? 상처 때문에 먹어야 돼. 그거 진통제랑 소염제야."

지연이 쟁반을 내려놓으며 잔소리를 했다.

"미안. 앞으로는 꼭 먹을게."

지연이 준희 옆에 걸터앉았다.

"기분은 좀 어떠니?"

"좋아."

"몸 상태는?"

"괜찮아."

"며칠 쉬다 학교로 돌아갈 거지?"

"삼촌은 날 여기 가둬 두겠다고 하던데?"

"그건 삼촌이 속상해서 그냥 하는 말이야. 알잖아, 너도."

"글쎄, 삼촌은 지연 씨랑 생각이 다를걸."

"그렇지 않아. 삼촌이 얼마나 널 걱정하고 있는지 알아야 돼. 그 사람은 네가 평범하게 자라 주길 간절히 바라고 있어."

준희는 여전히 입가에 미소를 띠고 있었다. 지연은 그런 준희를 물끄러미 바라보다 낮은 소리로 말했다.

"준은 여기 놓고 가. 다신, 절대로 두 번 다시는 그 애를 찾지 마. 넌 그 애 없이 잘 살아갈 수 있어. 준은 그냥 준이고 넌 그냥 준희야. 두 사람은 아무 상관도 없어. 그러니까……."

지연은 말을 멈추고 준의 손을 잡았다.

"넌 모든 걸 잊고 그냥 잘 살면 돼. 행복하게."

"지연 씨."

준희는 지연의 뺨 위로 흘러내린 몇 가닥의 머리카락을 귀 뒤로 넘겨 주었다.

"지연 씨 말이 맞을지도 몰라. 하지만 나는 그 애 없이는 살아갈 수 없어. 왜냐하면 이미 그 애를 만나 버렸거든."

"넌 그냥 어린애야. 대체 준을 어떻게 책임지려고?"

"지연 씨는 모르겠지만, 그동안 나는 혼자 커 버렸어. 그러니까 준을 책임질 수 있을 거야. 난 지연 씨가 생각하는 것보다 훨씬 강하고, 많은 것을 알고 있어."

"네가 뭘 아는데?"

"아주 많은 것들."

준희가 웃으며 대답했다.

"준을 만나기 전에 삼촌을 만나 먼저 확인해 볼 게 있어. 도와줄 거지?"

"정말 준을 포기하지 못하겠니?"

"준은 내 일부나 마찬가지야."

"걘 나쁜 아이야."

"세상에 나쁘기만 한 사람은 없어."

지연은 준희의 손을 놓고 일어섰다.

"네가 계속 이런 식이라면 우리는 널 가둬 둘 수밖에 없어……
불쌍한 녀석."

지연은 빈 죽 그릇이 담긴 쟁반을 들더니 방을 나가려고 몸을
돌렸다. 준희는 스탠드를 들어 지연의 머리를 내리쳤다. 지연이 쓰
러지며 죽 그릇이 나뒹굴었다. 준희는 물을 한 모금 입에 물고 약
봉지를 뜯어 알약을 털어 넣었다. 그러고는 신음을 흘리고 있는 지
연의 입을 억지로 벌린 뒤 자신의 입에 있던 물과 약을 쏟아 냈다.
준희는 지연이 약을 꿀꺽 삼키는 것을 확인한 뒤 그녀를 조심스레
부축해 침대에 눕혔다. 준희는 침대에 걸터앉아 지연의 신음 소리
가 잦아들고 차츰 깊은 잠에 빠져드는 것을 지켜보았다.

"진통제랑 소염제에 졸피뎀까지 먹었으니 괜찮을 거야, 지연
씨."

준희는 지연의 몸을 뒤져 보았다. 열쇠 꾸러미는 그녀의 바지 주
머니에 들어 있었다. 준희는 방 밖으로 나왔다. 복도 끝 철문을 잠
근 뒤 위층과 아래층으로 이어지는 계단을 일단 살펴보았다. 창밖
풍경으로 미루어 보아 준희는 이곳이 3층 정도일 것이라 짐작했
다. 산에서 봤던 기도원은 4층 구조물이었다. 단순한 사각형 건물
로 이 정도 크기라면 비상계단은 여기밖에 없을 것이었다. 준희는
잠시 생각하다가 계단을 올라갔다. 맨발이라 발소리가 거의 나지
않았다.

층계참에서 계단은 두 방향으로 나뉘었다. 왼편으로 난 계단은

옥상으로 통하는 것 같았다. 준희 정면에 보이는 계단에는 철문이 달려 있었다. 철문을 열고 들어가 한 번 더 계단을 오르니 현관문이 나왔다. 제대로 찾아온 것이 분명했다.

널찍한 현관으로 들어서자 눈에 익은 삼촌의 신발과 지연의 신발 외에 낯선 구두 한 켤레가 눈에 띄었다. 실내에서는 진한 고깃국 냄새가 났다. 준희는 거실을 지나쳐 주방으로 들어갔다. 조리대 도마 위에 부지런한 지연이 잘 갈아 둔 식칼이 놓여 있었다. 준희는 칼을 집어 들고 빈 의자에 앉았다. 삼촌과 머리가 벗어진 노인이 밥을 먹다 말고 준희를 빤히 쳐다보았다.

"안녕?"

삼촌이 숟가락을 탁 내려놓았다.

"지연이는?"

"내 침대에서 자고 있어."

"지금 뭐 하는 짓이냐?"

"삼촌이야말로 뭐 하는 짓이야?"

준희는 한 손으로 자신이 입고 있는 환자복 소매를 집어 보이며 눈살을 찌푸렸다.

"이제는 의사 놀이까지 하는 거야?"

"준희야? 진정하고 그건 좀 내려놓으렴. 우린 기꺼이 네 얘기를 들어 줄 거란다."

노인이 가래 끓는 듯한 탁성으로 강아지를 달래듯 말했다. 준희는 삼촌에게서 시선을 거두고 검버섯이 피어오른 주 박사의 얼굴을 응시했다.

"늙은 약장사 주제에 끼어들지 말고 가만히 있어."

준희는 다시 삼촌을 보았다.

"삼촌! 내가 물었잖아. 왜 대답을 하지 않아?"

"……뭘 말이냐?"

"그. 때. 뭘. 본. 거. 냐. 고. 왜. 진. 술. 을. 바. 꿨. 냐. 고."

"정말 알고 싶은 거냐?"

"난 진실을 알고 싶어."

"모르는 게 좋을 때도 있어."

"아니면 삼촌처럼 모르는 척하고 살아가든가? 난 삼촌처럼 살지는 않을 거야."

"……불쌍한 녀석. 꼭 내 누이처럼 말하는군."

준희는 피식 웃었다.

"그야 내 엄마니까."

"네 어머니였다."

"뭐가?"

"종이 상자에 불을 붙인 사람."

"확실해?"

"확실해. 심지어 누이는 나더러 함께 불장난을 하자며 꼬드기기까지 했다. 재미있을 거야, 꼬맹아. 하지만 난 거절하고 자리를 떴어. 어린 맘에도 꺼림칙하고 무서웠거든."

"불장난? 단순히 어린애 장난이었다는 거야?"

삼촌은 두 눈을 가늘게 떴다.

"우린 그렇게까지 어리진 않았어."

"그런데 왜 사실대로 말하지 않았어?"

"그녀가 불쌍했으니까. 종이 상자에 불을 붙인 순간 사실상 자기 인생도 끝낸 셈이지. 난 그녀를 용서했어."

"용서?"

준희는 피식 웃었다.

"엄마가 왜 그랬다고 생각해?"

"마귀, 종이 상자에 불을 붙이면 자유를 얻을 수 있다고 속삭인…… 없다고 생각하니?"

"아니, 난 이미 여러 번 보았어. 그놈은 세상 어디에나 있었으니까."

"그렇다면 우린 공동의 적을 가지고 있는 게 분명하군."

"과연 그럴까? 삼촌은 엄마를 용서한 게 아니라 진실을 덮고 적당히 살아가고 싶었을 뿐이잖아. 그 결과가 뭔지 알아? 바로 이 괴상한 건물이야. 깊은 잠과 기억의 상실과 최면과 자학과 참회와 은폐가 뒤섞인…… 지옥. 엄마는 불을 붙이며 인생을 끝냈고 삼촌은 입을 다물면서 인생을 끝냈어. 다시 한 번 말하지만 난 당신들처럼 살진 않을 거야."

"그러려면 준을 잊어야지!"

"그러니까 잊으면 안 되는 거야."

"넌 감당할 수 없어."

"그건 내 문제야."

"저어…… 준희 군?"

주 박사가 다시 끼어들었다.

"어디까지 기억하는지 모르겠는데, 내가 담당 의사였다. 자네하고는 이전에 벌써 몇 번이나 상담했었지."

"그랬나?"

"그럼, 그랬지! 자네는 그때 어머니 일로 충격을 받은 상태였어. 자네가 만들어 낸 가상 인물들은 모두 자네의 또 다른 자아여서, 음…… 결국 자네는 어린아이 시절부터 지금의 준에 이르기까지 여러 자아들을 통해 기억을 조금씩 회복하는 중이었어. 처음에 우리는 자네의 증상을 역으로 이용한 최면 요법을 쓰려고 했네. 손상된 기억을 회복하고 상처를 극복할 수 있도록 돕고자 했지. 하지만 그 자아들이 점점 폭력적인 성향을 띠는 데다 자네가 현실과 혼동할 정도로 강력해지는 바람에 더 이상 그냥 내버려 둘 수가 없었어. 준이 자네의 또 다른 모습이긴 하지만 자네라고 할 수도 없고 그렇다고 실존하는 사람은 더더욱 아니야. 그러니까……."

"너!"

준희가 주 박사의 말을 잘랐다.

"난 여기에서 삼촌과 함께 있을게. 넌 가서 준을 데려와."

"글쎄, 준이라는 아이는 없다고!"

준희는 칼끝을 만지작거렸다.

"아직 이른 시간이라 건물에는 도와줄 사람이 아무도 없겠지. 파출소는 산 너머에 있고, 전화를 한다 해도 여기까지 오려면 시간이 걸려. 관절염으로 다리를 절뚝이는 네가 할 수 있는 일은 아무것도 없을 거야. 그러니까 얌전히 준을 데려와."

주 박사는 불안한 눈빛으로 삼촌을 흘끔 보았다. 삼촌은 고개를 끄덕였다.

"십 분 줄게."

주 박사가 일어서자 준희가 부드러운 미소를 지으며 말했다.

준

"준?"

준은 부르는 소리를 들었지만 눈을 뜰 수 없었다. 한번 잠들면 깨어나는 데 엄청난 노력이 필요했다. 준은 몸을 뒤척이다가 다시 잠 속으로 빠져들었다.

"준!"

"누구……?"

"내가 셋을 세면 일어나는 거다! 하나, 둘, 셋!"

가래 끓는 듯한 탁한 목소리였다. 준은 번쩍 눈을 떴다. 검버섯이 피어오른 주글주글한 얼굴이 바로 준의 눈앞에 있었다. 노인이 손바닥을 탁 하고 맞부딪쳤다. 준은 저도 모르게 눈을 깜빡였다.

"자, 정신 차리고! 그만 자고 일어나!"

준은 불안한 시선으로 주위를 두리번거렸다. 노인 말고는 방에 아무도 없었다.

"내가 누군지 알아보겠나?"

준은 고개를 저었다.

"기억하지 못하는군. 벌써 몇 번이나 만났는데 말이야."

"누구⋯⋯세요?"

"네 담당의다. 너를 깨울 필요가 없길 바랐지만, 어쩔 수 없게 되었어."

"깨울 필요⋯⋯?"

"그래."

주 박사는 창가에 있는 의자를 지익 소리 나게 끌어다 침대 옆에 바싹 다가앉았다.

"준희가 널 찾는다."

"준희?"

"그래, 준희. 그 아이가 널 데려오라고 생떼를 쓰고 있어. 두 사람을 만나게 하는 건 지극히 위험한 일이지만 어쩔 수가 없다. 우리도 더 이상 방법이 없어."

"준, 준희가 왔어요? 날 위해서?"

주 박사가 인상을 찡그리자 주름이 더욱 깊게 패며 가뜩이나 고약한 인상이 더욱 볼썽사나워졌다.

"착각하지 마. 준희는 누굴 위해 움직이는 애가 아니야. 그저 제가 하고 싶은 대로 할 뿐이다."

"준희가 어디 있나요?"

준이 고개를 길게 빼고 방 안을 다시 살펴보았지만 준희는 없었다.

"내가 널 준희에게 데려다줄 거야. 이런 경우는 한 번도 없었기 때문에 무슨 일이 일어날지 나도 장담 못 한다. 그래서 준희를 만나기 전에 내가 너에게 해 줄 말이 있다. 네가 준희를 지키고 싶다면 잘 들어라."

준은 열심히 고개를 끄덕였다.

"우선, 넌 여기서 나갈 수 없어. 네가 나가면 준희 그 아이가 위험해진다."

준이 무언가 말하려고 했지만 주 박사는 무시하고 곧바로 말을 이었다.

"너는 기억을 대부분 되찾았던데, 내 말이 맞지? 옆방 아이에게 다 털어놓았잖아."

준은 불안해하면서도 고개를 끄덕였다.

"물론 자신에게 불리한 기억은 쏙 빼놓았더군. 자신을 철저히 피해자로 가장하는 짓은 너에게 도움이 되질 않아. 넌 여기 오기 전과 달라진 게 하나도 없어. 그래서 밖으로 나가는 일은 무척 위험하다. 네가 예전에 한 짓을 다른 사람에게 하지 않는다는 보장이 없고, 가뜩이나 불안정한 준희에게 악영향을 미칠 소지 역시 너무나 다분해. 아니, 너랑 만나면서부터 이미 준희는 좋지 않은 영향을 잔뜩 받고 있어. 진정으로 준희를 위한다면 넌 평생 여기에서 참회하고 반성해야 하는 거다."

"하, 하지만……."

준은 억지로 눈물을 삼켰지만 목소리가 떨리고 있었다.

"난 그 아이에 대한 편지도 읽었어요. 준희가 얼마나 불쌍한 아이인지……."

준은 울었다.

"얼마나 불행했는지 난 알아요. 준희도 나처럼…… 필요할 뿐이에요, 얼마나 아픈지, 얼마나 고통스러운지 함께 있기만 해도 알아줄 누군가가……. 그건 내가 해 줄 수 있어요. 바로 내가."

"준희는 너와 달라."

주 박사가 퉁명스레 대꾸했다.

"물론 준희가 한때 힘들었던 것은 사실이야. 하지만 이제는 모두 잊었다. 준희는 너처럼 성장이 멈춘 게 아니라 계속 자라고 있어. 건강한 어른이 되고 있는 거지. 하지만 네가 나타나 준희의 안 좋은 기억들을 자꾸 자극하다 보면 그 애의 성장도 여기서 멈춘다. 걔가 너처럼 되길 바라나? 응?"

"난 준희에게 필요한 존재예요!"

"그럼 질문을 바꿔 보지. 너 자신이 건강하고 행복하다고 생각하나?"

준은 입술만 달싹일 뿐 대답하지 못했다.

"병들고 불행한 존재가 어떻게 다른 존재에게 행복을 가져다줄 수 있지? 응? 대답해 봐, 준!"

"······제가 어떻게 하길 원해요?"

"간단하다. 준희를 만나면 넌 여기에서 나갈 생각이 전혀 없고 다시는 만나고 싶지 않다고 하면 된다. 이곳에 있어야만 한다고, 여기가 네가 있을 곳이라고 말하면 돼. 너를 완전히 잊어버리면 더욱 좋다고도 말해라. 그게 바로 진정 준희를 위하는 길이다."

"그, 그럼······ 정말 준희가 행복해지나요?"

"내가 장담하지."

"약속해 주세요, 네?"

주 박사는 의자에서 일어나 인자한 표정으로 준의 머리를 쓰다듬었다.

"준, 준, 준! 날 믿어라. 준희는 너만 없으면 얼마든지 행복해질 수 있어."

준이 흐느껴 우는 동안 주 박사는 인내심을 가지고 기다렸다. 그는 초조하게 손목시계를 확인하다가 결국 준을 거칠게 붙잡아 와락 일으켰다.

"준! 이제 그만하고 가자!"

준은 침대에서 끌려 내려왔다. 몸에 힘이 들어가지 않아 준은 주 박사에게 완전히 몸을 기댄 채 발을 질질 끌어야 했다. 주 박사는 준의 팔을 붙들고 급하게 걸음을 옮겼다. 준은 몹시 어지러웠고 시야도 자꾸만 뿌옇게 흐려졌다. 어디로 끌려가는지도 모른 채 준은 식은땀을 흘리며 끝이 보이지 않는 길을 뱅글뱅글 돌았다. 갑자기 나타난 밝은 빛이 안개를 걷어 내듯 준의 시야를 환하게 비추었다. 준은 눈이 부셔 저도 모르게 고개를 돌렸다.

"준! 준!"

준희의 목소리가 먼 곳에서 희미하게 들려오고 있었다. 준은 고개를 들고 소리가 나는 쪽을 바라보았다. 반짝반짝 빛나는 검고 따뜻한 눈동자가 자신을 바라보고 있었다.

"……준희?"

준희가 준을 잡아당겨 품에 안았다.

5장

어디로든 갈 수 있는
신기한 통로

준희와 준

　준은 땀에 젖은 채로 계속 몸을 떨었다. 준희는 준을 얼른 의자에 앉히고 자신도 옆자리에 앉았다. 주 박사는 그 모습을 확인한 뒤 삼촌 곁으로 갔다. 준희는 준의 손을 꼭 잡았다. 준은 가쁜 숨을 헐떡이면서도 준희의 얼굴에서 시선을 떼지 않고 있었다. 준희는 준에게 미소를 지어 보였다.

　"자, 이제 모두 다 모인 건가?"

　삼촌이 먼저 입을 열었다.

　"둘이 함께 있는 광경을 보다니 희한한 일도 다 있군."

　주 박사가 흐흠 헛기침을 했다.

　"음…… 준이 준희에게 할 말이 있다고 하던데?"

준희가 주 박사를 노려보았다.

"지금부터 말은 내가 할 거야. 넌 입 다물고 있어."

"저런."

삼촌이 끼어들었다.

"우린 네 요구를 들어주었다. 그리고 너를 인격적으로 대했어. 그런데도 넌 지연이를 공격하고 우리를 위협했다. 대체 우리가 너한테 뭘 잘못했기에 이렇듯 함부로 구는지 이해할 수가 없구나. 만일 네가 주장하는 대로 너 자신이 충분히 성숙한 존재라면 최소한 이성적인 대화 정도는 나눌 수 있어야 하는 거 아닌가? 네가 이런 식으로 나와 봐야 스스로가 어리고 유치한 존재라는 걸 입증하는 꼴밖에는 안 돼."

준희는 코웃음을 쳤다.

"대화라고?"

주 박사가 다시 흐흠, 하고 헛기침을 반복했다.

"준희 군? 준이 준희 군에게 할 말이 있다고 했다니까?"

준희는 준에게로 시선을 돌렸다. 준은 준희 앞에 놓인, 잘 벼려 둔 식칼을 겁먹은 표정으로 보고 있었다.

"준, 할 말이 있니?"

준희의 물음에 준은 고개를 끄덕였다.

"내, 내가 할 말이 있어요."

준은 가늘게 떨리는 목소리로 말하기 시작했다.

"이건 내 얘기예요. 원장님과 박사님께 하는 얘기이기도 하지만 누구보다 준희가 들어 주었으면 하는 얘기야."

준희는 준의 손을 잡은 손에 힘을 주었다.

"나는, 나는⋯⋯."

준은 마른침을 삼켰다. 이야기를 마치기 전에 울음부터 터져서는 안 되었다.

"나는 엄마를⋯⋯ 엄마를 사랑하지 않았어요. 만일 정말 사랑했다면 참았을 거예요. 이해했을 거예요. 내가 조금 힘들어도 참고 견뎠을 거예요. 사랑은 그런 거니까요. 하지만 그러질 못했어요. 참질 못하고 견디질 못했어요. 내 몸 어디에서 그런 힘이 나왔나 모르겠어요. 아, 아마 과자와 사탕 때문인지도 모르죠. 과자와 사탕은 열량이 무척 높으니까요. 나는 매일매일 과자와 사탕만 먹었거든요. 그래서 힘이 넘쳤나 봐요⋯⋯."

준은 결국 눈물을 흘리고 말았다. 그것이 부끄러워 준은 얼른 눈물을 훔쳐 냈다.

"확실히 기억나지는 않지만⋯⋯ 아니, 거짓말이 아니라, 난 정말 기억이 나질 않아요. 그렇지만 그때는 정말 엄마를 죽이고 싶었으니까 내가 죽인 게 맞을 거예요. 나는 엄마를 사랑하지 않았어요. 누구도 사랑하지 못했어요. 그러니까 평생 여기 있어야만 해요. 죽을 때까지 참회하고 회개해야죠. 내가 밖으로 나가서 또 누군가에게 그런 짓을 저지르기라도 한다면 그, 그땐 준희가⋯⋯ 준희가 얼마나 고통스럽겠어요. 그러니까 준희야! 다시는 날 찾지마. 넌 나를 잊어야 해."

"그건 무척 합리적인 생각이군, 준."

주 박사가 말했다.

"준은 여기에 맡겨진 존재야. 어떤 존재가 어딘가에 있는 건 다 그만한 이유가 있기 때문이지. 그걸 억지로 비틀어 버리면 모든 게 엉망진창이 되는 법이라네, 준희 군."

"할 말은 다한 거니, 준?"

준희가 다정한 목소리로 묻자 준은 고개를 끄덕였다. 준희는 준의 손을 놓고 의자에서 일어났다.

"난 지금 준을 데리고 이곳을 나갈 거야. 아무도 방해할 수 없고 방해해서도 안 돼. 다시는 이곳으로 돌아오지 않을 거고 삼촌과도 만나지 않을 거야. 준은 내가 책임질 거야. 그리고 나도 내가 책임질 거고."

"헛소리하지 마."

삼촌이 단호하게 말했다.

"준은 물론이고 너 역시 어디에도 못 간다. 네가 준을 고집하는 한 너 또한 이곳에 있어야 해. 내가 보기엔 이제 너나 준이나 똑같아."

"아무도 날 막을 순 없을걸? 삼촌도 알잖아. 막을 수 없다는 걸."

"지금 협박하는 건가?"

"그럴 리가. 그저 날 더 이상 자극하지 말라는 뜻이야."

준이 준희의 손을 움켜잡았다. 준의 손은 얼음장처럼 차가웠다.

"난 아무 데도 안 가. 난 여기 있을 거야, 준희야."

"안 돼, 준. 나랑 함께 가자."

"싫어."

주 박사의 헛기침 소리가 다시 끼어들었다.

"흐흠, 준희 군. 준은 여기 있어야 해. 그건 바다가 절대로 경계를 넘지 않는 것과 마찬가지야. 바다가 범람하면 대지를 삼키게 되듯, 준이 경계를 지키지 않으면 준희 군은 결코 무사할 수 없네."

"준 없이는 아무 데도 가지 않아. 만일 당신들이 막으면 가만히 있지 않을 거야."

주 박사가 호주머니에서 수건을 꺼내 땀이 흐르는 민머리를 닦아 냈다.

"자아, 준희 군. 이러면 안 되네. 준희 군이 원해서 준을 불러내 주지 않았나? 준희 군이 여기에 준을 안전하게 숨겨 두는 것에 동의한다면 아무런 문제도 없어. 준은 여기에 있을 때가 가장 안전해. 준만 여기에 두면 준희 군 역시 평안함을 느끼고 행복한 미래로 나아가게 될 걸세. 자아, 준희 군. 내 말을 잘 들어야지. 준도 여기에 있겠다고 말하지 않는가?"

"지금 우릴 구슬리는 거야?"

준희가 어이없어하며 말했다.

"그게 아니야, 준희 군."

주 박사가 돌연 엄숙한 목소리로 답했다.

"자네에게 진실을 알려 주는 거야. 현명한 선택을 하도록."

준희는 삼촌과 주 박사를 번갈아 쳐다보다 웃음을 터뜨렸다. 준희가 좀체 웃음을 멈추지 못하자 주 박사의 얼굴은 땀으로 범벅이 되었다.

"당신들은 하나도 아는…… 게 없군. 정말…… 아무것도 몰라."

준희가 낄낄대고 웃으며 말했다.

"우리가 뭘 모른단 거지?"

삼촌이 물었다.

"뭘 모르냐고?"

준희는 기분이 좋은 듯 싱글벙글 웃고 있었다.

"삼촌과 저기 박사라는 양반이 뭘 모르냐 하면, 사실 나는 이제 껏 한 번도 기억을 잃어버린 적이 없어."

잠깐 정적이 흘렀다.

"……거짓말하지 마라."

삼촌이 무거운 어조로 말했다.

"그럴 리가 없어."

"하긴, 삼촌은 내가 무슨 말을 해도 믿지 않겠지. 항상 자신이 믿고 싶은 대로만 믿으니까. 하지만 나도 내가 믿고 싶은 대로 믿어. 각자 믿고 싶은 것만 믿고 보고 싶은 것만 보는데, 이 중에서 누가 믿고 누가 보는 것이 진실이지? 진실을 말한다고 생각하지만 모두 거짓일 수도 있고, 거짓말을 한다고 생각하지만 진실일 수도 있는 일들이 세상에는 가득해. 다시 한 번 말하지만 나는 기억을 잃어버린 적이 없어."

준희는 일어서서 의자 뒤로 돌아가 준의 어깨에 손을 얹었다.

"삼촌도 한번 믿어 봐! 믿음은 바라는 것들의 실상이요 보이지 않는 것들의 증거이다. 우리 학교 정문에 대문짝만하게 쓰여 있거든!"

삼촌은 의자에서 벌떡 일어섰다. 그는 뒷짐을 진 채 식탁 주위를 서성이다 갑자기 우뚝 멈춰 섰다.

"주 박사님! 이 방법은 역시 좋질 못해요. 둘을 만나게 한 건 실수였어요. 불행하게도 내 조카는 이미 돌이킬 수 없게 된 것 같습니다."

주 박사는 초조해하는 눈빛으로 준희와 삼촌을 번갈아 보았다.

"기억을 잃어버린 적이 없다는 게 사실일까요?"

주 박사가 삼촌에게 소곤대듯 물었다.

"만일 우리가 속은 거라면?"

"저 아이는 거짓말을 하고 있을 뿐입니다."

"하지만…… 그렇다 해도……."

"혜정 씨는 병이 들어 죽은 것이 아니라 연인과 싸우다 죽었어. 난 그때 방에 갇혀서 벌을 받는 중이었지. 혜정 씨는 기분 내키는 대로 아무 이유나 갖다 붙이면서 날 가둬 두고 방치했거든. 어렸을 때는 아주 가끔이었지만 해가 갈수록 점점 더 심해졌어. 그날은 비가 많이 왔어. 난 일주일이 넘도록 굶주린 데다 이해할 수 없는 학대에 몹시 화가 나 있었고, 혜정 씨가 죽도록 미웠어. 내가 울부짖으며 난동을 부리자 혜정 씨가 들어와 가만두지 않겠다고 협박했어. 한밤중이 되자 아래층에서 다투는 소리가 들리고 혜정 씨가 비명을 질러 댔어. 혜정 씨가 깜빡 잊고 문을 잠그지 않아 나는 방 밖으로 나올 수 있었어. 내가 아래층으로 내려갔을 땐 이미 둘 다 죽어 있는 상태였어."

"너……!"

삼촌이 고개를 가로저었다.

"내 누이는 죗값을 치른 거다. 자신이 아버지에게 한 짓을 자식에게 돌려받았지. 준희 넌 저주받은 아이야. 영악한 데다 거짓말도 아무렇지 않게 하면서 우리 모두를 속이다니……. 너는 네 엄마를 빼다 박았어."

"준희는 그런 애가 아니에요!"

준이 소리쳤다.

"준희는, 준희는 나랑은 달라요. 저 애는 아무 잘못도 없어요. 나는 정말 나쁜 아이지만, 그래서 여기 갇혀 벌을 받는 게 당연하지만 준희는 아니라고요. 준희는 착하고 좋은 사람이야!"

준희는 서글픈 표정으로 준을 보았다.

266 ●

"고마워, 준. 너는 항상 나를 그런 식으로 생각해 주었고, 그래서 내가 여기 있을 수 있는 거야. 하지만 나 역시 가능했다면 혜정 씨를 죽였을 거야. 그런 마음이 수도 없이 들었는데, 혜정 씨가 누구 손에 죽었는지가 뭐 그리 중요하지? 혜정 씨가 재수 없게 벌에 쏘여 죽었든 아니면 진짜 내 손에 죽었든 나한텐 다를 게 없어."

"박준희!"

삼촌이 다급하게 준희를 불렀다.

"넌 지금 최면에 걸려 있다. 준은 그저 최면을 통해 불려 나온 환상일 뿐이야! 주 박사가 이제 곧 널 깨울 거다. 최면에서 깨어나면 넌 방금 일어난 이 모든 일을 잊어버리게 될 것이다. 그럼 다시 준을 만나게 해 달라고 징징대겠지. 넌 앞으로 나가는 대신 같은 자리를 끝없이 맴돌며 준처럼 허깨비가 되어 갈 거야. 그것만은 피하려고 그토록 애썼건만! 난 널 이곳에 감금하기로 결정했다. 주 박사님! 준희를 깨우세요!"

"더 이상 그런 식으로 말하지 마!"

준희가 소리쳤다.

"삼촌 말이 다 맞는다 해도 그게 뭐 어떻다고! 삼촌은 내가 어떻게 살아남았는지 한 번이라도 생각해 본 적 있어?"

준희의 마지막 일성에는 울먹임이 어려 있었다. 준의 눈에도 눈물이 맺혔다. 준희가 날카롭게 벼린 칼을 집어 들었다. 흐느끼던 준이 비명을 지르기 시작했다. 준의 비명은 멀쩡한 사람의 고막을 찢어 놓을 만큼 날카로웠으며 계속해서 들려오던 파도 소리를 덮을 만큼 거셌다. 그 자리에 있던 사람들은 귀를 틀어막고 괴로움에 몸부림쳤다. 가장 불길하고 슬프며 고통스러운 기억들이 준의 비명을 타고 형편없이 낡은 둑에 차오르는 강물처럼 그들에게 차올랐다. 끝없이 퍼붓는 폭우에 둑이 무너지듯 그들의 신경도 마침내 무너졌다. 삼촌과 주 박사는 겁에 질린 아이처럼 식탁 밑으로 숨어들어 몸을 웅크린 채 벌벌 떨었다.

준희와 준

준희는 준을 껴안았다.

"쉿! 그만……. 쉿!"

준의 비명 소리가 잦아들고 몸의 떨림도 차츰 멈추었다.

"이제 됐어, 준! 미안해. 이제 그만. 다신 안 그럴게."

준은 준희의 품 안에서 축 늘어져 정신을 잃었다. 준희는 준을 둘러업었다. 준의 몸은 공기처럼 가벼웠다. 준희가 막 주방을 나서려고 할 때였다. 삼촌의 고함 소리가 들려왔다.

"지금 나가면 안 돼! 넌 최면 상태란 말이다!"

준희는 몸을 돌려 식탁 밑에서 기어 나오는 삼촌을 보았다.

"위험해! 위험하다고!"

"삼촌!"

준희가 차분한 목소리로 말했다.

"너한테 내가 뭐로 보이는지 모르겠지만 내게는 네가 아이처럼 보여. 누이가 종이 상자에 불을 붙이는 걸 말리지 못한 철부지 꼬맹이로 말이야. ……세상이 일그러져 있다 해도 있는 그대로 봐야 해. 공연히 아닌 척 억지 부리다 눈을 감아 버리면 그대로 끝나는 거야."

준희는 등에 업힌 준을 한 번 추어올렸다.

"난 이제 가. 다시는 여기에 오지 않을 거고, 삼촌을 찾지도 않을 거야. 준을 찾았으니까 이제 됐어. 제발 우리를 그냥 내버려 둬."

"주 박사님! 준희를 막아요!"

삼촌이 소리쳤다.

"저어…… 장 원장. 지금 보시다시피…… 섣불리 자극하면 상황이 정말 위험하게 된다고. 나로서는 도저히 더 이상 어쩔 도리가……."

"……무능한 인간 같으니라고!"

삼촌의 목소리에는 분노와 체념이 뒤섞여 있었다.

"지연 씨에게 미안하다고 전해 줘. 내게 친절했는데, 어쩔 수 없었어. 그리고 영감!"

준희는 여전히 식탁 밑에 숨어 있는 노인을 향해 말했다.

"협박해서 미안. 하지만 넌 당해도 싸."

"박준희! 돌아와!"

준희는 삼촌의 외침에도 아랑곳하지 않고 꿋꿋이 걸어 나갔다. 준은 여전히 축 늘어진 채였지만 준희가 단단히 붙들고 있었다. 준희는 현관에서 삼촌의 로퍼를 신어 보았다. 맞춘 것처럼 발에 딱 맞았다. 준희는 현관문을 열고 밖으로 나왔다. 계단을 조심스레 내려가면서 몇 번이나 고개를 뒤로 돌려 준이 무사한지 확인했다. 준은 준희의 등에 기대어 세상모르고 잠들어 있었다.

1층까지 내려오는 동안 준희는 딱 한 번 걸음을 멈추었다. 준을 제대로 다시 업기 위해서였다. 텅 빈 1층 로비를 지나 기도원 밖으로 나오자 부드러운 봄바람이 준희의 머리를 쓰다듬었다. 눈부신 하늘이었다. 준희는 한동안 그대로 서서 맑은 공기를 가슴 깊이 들이마셨다. 쉼 없는 파도 소리 사이로 새들의 지저귐이 섞여 들었다. 푸른 새싹과 봄꽃이 무미건조한 기도원 건물을 빙 둘러 에워싸고 있었다.

"이거 봐, 준! 참 아름답다. 우리도 이런 세상의 일부인 거야. 좋지?"

준희는 마지막으로 기도원을 한 번 더 돌아보았다. 어쩌면 저 건물이야말로 자신의 환상일지 몰랐다. 저리도 병들고 뒤틀린 공간이 이 아름다운 대지에 머무는 것을 어떻게 현실이라 믿겠는가?

준희는 산을 넘기 위해 묵묵히 비탈길을 걸어 올랐다. 이른 시간이라 아직 공기가 차가웠다. 준이 감기라도 들릴까 준희는 걱정되

었다. 백팩 안에 점퍼와 스웨터가 있었지만 병실에서 가방을 찾지
못한 채 나왔다. 환자복 차림으로 마을에 들어갔다가는 사람들의
시선을 끌 것이라는 점도 준희를 부담스럽게 했다. 준희는 며칠 전
에 자신이 앉아 쉬던 커다란 아카시아 나무를 발견하자 길을 벗어
났다.

조심스레 준을 내려 나무에 기대 앉히고 준희도 그 옆에 앉아
한숨 돌리려 할 때였다. 조금 떨어진 수풀 사이에 검은 물체가 있
는 것이 언뜻 보였다. 준희는 설마 하며 그쪽으로 가 보았다. 역시
자신의 백팩이었다. 준희는 반가운 마음으로 가방을 집어 흙을
털어 냈다. 자신을 가격한 누군가가 서두르다가 가방을 놓고 간
것이 분명했다.

준희는 가방을 열어 옷가지를 꺼냈다. 다행히 지갑 안의 돈도 그
대로였다. 환자복을 벗은 뒤 청바지와 셔츠를 입고 그 위에 스웨터
를 걸쳤다. 바람막이 점퍼는 준에게 너무 컸지만 환자복을 가릴 수
있어 오히려 좋았다. 준희는 준의 머리에 모자를 푹 눌러 씌웠다.
준이 아직 정신을 차리지 못하고 있었지만 준희는 걱정하지 않았
다. 때가 되면 준은 자연스레 눈을 뜰 것이므로.

가방 안에는 기도원 자신의 방 서랍에서 꺼내 온 스포츠 백도
들어 있었다. 준희는 백을 끄집어내 안을 들여다보았다. 엄마의 어
린 시절 사진 한 묶음과 낡을 대로 낡은 분홍색 토끼 인형이 있었
다. 준희는 사진들을 동여맨 고무줄을 끄른 뒤 한 장씩 넘겨 보았

다. 사진에는 머리를 길게 늘어뜨리고 창백한 낯빛을 한 깡마른 소녀가 무표정한 얼굴로 찍혀 있었다. 소녀의 품에 안겨 있는 분홍색 토끼 인형은 준희의 어린 시절 기억에도 어렴풋이 남아 있는 것이었다. 준희는 인형과 사진을 다시 스포츠 백에 집어넣고 입구를 오므려 잘 묶었다. 그리고 준의 환자복 웃옷 주머니를 뒤적여 네모지게 접힌 흰 종이를 꺼냈다.

준희는 날카로운 돌을 골라 나무 밑동 근처의 흙을 파내기 시작했다. 생각보다 땅이 단단해 이마에 굵은 땀방울이 맺혔다. 만족할 만한 깊이까지 구덩이를 판 다음 편지와 스포츠 백을 묻었다. 흙을 도로 덮고 나서 준희는 몸을 기울여 나무에 이마를 기댔다. 눈을 감은 뒤 준희는 오래도록 나지막하게 무언가를 속삭였다.

나무 밑에서 준희는 준을 안은 채 잠깐 졸았다. 꿀처럼 달콤하고 솜털같이 부드러운 잠이었다.

마을은 진즉에 깨어나 활기차게 움직이고 있었다. 고깃배들이 선착장을 부지런히 드나들고 마을 노인들은 삼삼오오 모여 앉아 도란도란 이야기를 나누었다. 민박집이 모여 있는 바닷가 가까이에 오자 준희는 대왕이 묵고 있다던 곳의 이름이 생각났다. 산호민박. 슬쩍 뒤를 보니 눈을 뜬 준이 주변을 둘러보고 있었다.

"준, 괜찮아?"

"미안. 무척 피곤해. 머리도 아프고."

"약 때문이야. 조금만 참아. 곧 쉴 곳을 찾을게."

준희가 걸음을 서두르자 준이 자그마한 소리로 물었다.

"아까 무슨 일이 있었어?"

"……아무 일도."

"아니야. 기억이 나진 않지만 분명…… 내가 또……."

"아무 일도 없었어, 준. 오히려 네가 아니었다면 나는 아주 나쁜 짓을 저질렀을지도 몰라. 네가 말려 준 덕분에, 나는 괜찮을 수 있었어."

"정말?"

"정말!"

"그런데 우리 지금 어디로 가?"

"산호 민박. 친구 녀석 말이 거기 화장실이 제일 깨끗하대."

"친구가 있어?"

"음…… 친구인 건가?"

"난 친구가 하나도 없어."

"매일매일 갇혀 지냈으니 당연하지."

"내게도 친구가 생길까?"

"당연히. 앞으로도 계속 지금과 똑같을 것 같겠지만, 그렇지 않아. 바람은 계속 불어오거든. 우리는 이제 또 많은 것이 달라질 거야."

준희는 산호 민박 앞에서 걸음을 멈추었다. 만일 대왕이 아직 가

버리지 않고 자신을 기다리고 있다면 준을 소개할 수도 있을 것이
다. 대왕이 준을 어떤 식으로 대할까 생각해 보다가 준희는 피식
웃고 말았다.

준희와 준

눈을 뜬 순간부터 준은 주변 풍경을 신기한 기분으로 바라보았다. 마치 갓 태어난 아기가 세상과 첫 대면이라도 하는 것처럼. 묵묵히 걷고 있는 준희의 등은 넓고 따뜻했으며 멀리 보이는 바다는 아침 햇빛에 반짝이고 있었다. 조금 쌀쌀하긴 했지만 상관없었다. 삶이, 지옥 같은 그곳에서 끝나지 않고 새로이 이어지고 있다는 사실에 준은 가슴이 먹먹해졌다. 준에게 준희는 삶이고 희망이며 지켜야만 하는 미래였다. 그런 준희가 함께 있었다. 준은 괜찮아, 라고 계속 되뇌었다.

"나, 기억이 났어."

준이 속삭이듯 말했다.

"무슨 기억?"

"너를 처음 만났을 때부터 낯설지가 않았어. 제대로 얼굴을 본 적이 없는데도 언젠가 만나면 알아볼 수 있을 것 같았지. 왜 그런지 이유를 몰랐는데, 실은 아주 오래전부터 너를 만나 왔던 거야."

"그걸 이제야 안 거야?"

"네가 이렇게…… 정말 내가 생각했던 그대로의 모습으로 내 앞에 나타나 주다니."

흘러가는 듯 정지해 버린 시간 속에서 준은 준희를 꿈꾸었다. 준희를 꿈꾸며 준은 시간을 버텨 냈다. 과거는 미래로 이어져 현재가 되었다.

"내가 무겁지 않니?"

"전혀."

준희는 '산호 민박'이라는 간판이 붙은 집 앞에 멈춰 섰다.

"어쩌면 여기에 친구 녀석이 있을지도 몰라. 좀 이상한 녀석이긴 한데, 널 무척 궁금해했거든. 만나면 소개해 줄게."

준은 준희의 등에서 내렸다. 몸이 휘청거렸지만 자신의 두 발로 걷고 싶었다. 두 사람이 대문 안으로 들어가자 작은 마당이 나왔다. 햇볕에 봄나물을 말리느라 커다란 멍석이 마당 한구석에 펼쳐져 있었다. 툇마루에서 마늘종을 다듬던 중년의 여자가 어떻게 왔느냐고 심드렁하게 물었다.

"배가 언제 들어올까?"

여자는 황당해하는 표정으로 준희를 쳐다보았다.

"뭐라카노?"

"음…… 죄송합니다. 배가 언제 들어오느냐고 묻는 거예요."

준이 당황해하며 다시 말했다. 여자는 툇마루 안쪽 벽에 걸린 시계를 보았다.

"와? 배 탈라꼬?"

준은 준희를 보았다. 준희가 고개를 끄덕였다.

"네."

준이 대답했다.

"그라믄 얼른 서둘러야 할 낀데. 이제 쪼매 있음 출발할 끼다."

"다음 배는 언제 와?"

여자는 눈살을 찌푸리더니 준희를 이리저리 뜯어보았다.

"니, 와 아까부터 말이 반 동가리가?"

"죄송해요. 외, 외국에서 살다 와서……."

준이 대신 더듬더듬 변명했다.

"……낼모레 온다."

"고마워."

준희가 빙긋 웃으며 인사했다. 주인 여자는 마지못해 고개를 끄덕였다.

"저, 혹시 여기에 내 또래 학생이 온 적 없어?"

"어데? 서울서?"

"응. 덩치가 크고 밥을 엄청나게 많이 먹어."

"그 학생 말하는갑네. 친구 기다린다 카던데, 니가 친구라는 그 아가?"

"맞아."

"갸가 지금 화장실에 있다. 뭐라카더라, 변기가 낯설어서 변비라카던데, 쪼매 기다려 보든가."

준희는 민박집을 휘둘러보았다.

"화장실이 어딘데?"

"저어기, 마당 뒤편에 있다."

주인 여자가 다시 마늘종으로 시선을 돌리며 말했다.

"미안, 준희야. 난 여기 앉아 있을게."

준이 준희의 팔을 붙들더니 툇마루를 가리키며 소곤거렸다. 준은 얼굴이 창백했고 식은땀을 흘리고 있었다. 준희는 고개를 끄덕였다.

"넌 여기 있어. 나는 잠깐 인사만 하고 올게."

"그라든지."

주인 여자는 준희가 자신에게 한 말인 줄 알고 마늘종을 다듬으며 무심하게 대답했다. 준희는 준이 툇마루 가장자리에 조심스레 걸터앉는 것을 확인한 뒤 서둘러 뒷마당으로 갔다. 두 개의 새시문에 각기 여자, 남자 표시가 되어 있는 작은 시멘트 건물 안에서 끙끙거리는 소리가 요란하게 들려오고 있었다.

"야! 대왕!"

준희가 남자 화장실 문을 두드리며 큰 소리로 불렀다.

"어! 뭐야! 쭈니?"

"그래, 나야."

화장실 안에서 끙 하는 신음이 들렸다.

"어떻게 된 거야? 지금 온 거냐?"

"그래. 너 아직 안 가고 있었구나?"

"당연……하지! 끙! 어떻게 됐냐? 응?"

"준을 데리고 왔어."

"뭐?"

"준과 함께 있다고!"

"쫌만 기다려. 내가 이것만 좀 누고 나면…… 끙! 제기랄! 웬만하면 대충 끊고라도 나갈 건데…… 배가 찢어지게 아파서리……."

"미안, 대왕! 우린 지금 배를 타러 갈 거야. 다음 배는 이틀 뒤에나 온대. 기회 되면 또 보자!"

"야! 쭈니! 이 미친……."

대왕의 고통스러운 신음 소리가 들려왔다. 준희는 웃음을 터뜨렸다.

"대왕! 잘 있어라!"

"야! 야! 쭈니! 이 사이코, 또라이야! 기다려! 정말 준이라는 애랑 함께 온 거냐? 응?"

"그렇다니까! 담에 너랑 우연이라도 다시 만나게 되면 소개해 줄게."

준희는 입가에 웃음을 띤 채 준에게로 돌아왔다. 준은 보이지 않고 주인 여자만 마루에 앉아 마늘종을 다듬고 있었다.

"친구는 만났나?"

"응."

"같이 안 가나?"

"응."

"와? 니 엄청시리 기다리던데?"

"세상은 참 재미있는 곳이라 이상한 것들이 이상한 장소에서 자연스레 만나지거든. 그러니까 지금은 그냥 가도 돼."

"뭔 귀신 씻나락 까먹는 소리가?"

준희는 피식하고 웃었다.

"잘 있어. 나, 갈게."

"배 타러 가나?"

"응."

"……식겁을 하겠네. 뭔 말을 저리 대갈빡이 반 동가리 난 것맨치로 씨불여 쌓는가."

여자는 마늘종을 다듬으며 혼잣말하듯 투덜거렸다. 준희는 민박집을 나왔다.

민박집 대문 밖에는 누런 개 한 마리가 넙죽 엎드려 봄볕을 쬐고 있었다. 준희는 그 앞에 쪼그려 앉았다. 늙은 개는 경계심도 없이 순한 눈빛으로 준희를 바라보았다. 준희는 천천히 손을 뻗어 개의 턱을 살살 간질여 주었다. 기분이 좋은지 누런 개는 눈을 감더니 낮은 소리로 그르렁거렸다. 준희는 다리를 펴고 일어섰다. 배를 놓치지 않으려면 서둘러야 했다.

"준! 친구를 만났어. 화장실 안에 있어서 인사만 했어. 우린 이제 이곳을 떠나 다신 돌아오지 않을 거야. 예전에 혜정 씨는 어디든 내키는 대로 돌아다니다 마음에 드는 곳이 있으면 거기에 자리를 잡았어. 그렇게도 살 수 있고말고. 사람은 어디에서든, 어떻게든 살아가게 돼."

준희는 어렸을 때 떠나는 것이 싫었다. 남들처럼 익숙한 곳에서 오래오래 살고 싶었다. 하지만 언제나 떠나야 했고 어느새 떠나는 것에 익숙해졌다.

준희는 점차 발걸음을 빨리해 달리기 시작했다. 바다에서 바람이 불어오고 있었다. 선착장에선 배가 기다렸다. 준이 그곳에서 자신을 기다리고 있을 것이다. 누구나 언젠가는 익숙한 곳으로 돌아가게 된다. 준희는 행복했다.

창비청소년문학 66

준희와 준

초판 1쇄 발행 • 2015년 5월 28일

지은이 • 권하은
펴낸이 • 강일우
책임편집 • 김영선
펴낸곳 • (주)창비
등록 • 1986년 8월 5일 제85호
주소 • 413-120 경기도 파주시 회동길 184
전화 • 031-955-3333
팩시밀리 • 영업 031-955-3399 편집 031-955-3400
홈페이지 • www.changbi.com
전자우편 • ya@changbi.com

ⓒ 권하은 2015
ISBN 978-89-364-5666-5 43810